西村京太郎

私が愛した高山本線

実業之日本社

実業之日本社文庫

私が愛した高山本線　目次

私が愛した高山本線

第一章　女私立探偵

1

私立探偵の橋本豊《はしもとゆたか》は、今まで、一人で仕事を、やっていたのだが、今年の四月から、前からの仕事仲間の、佐々木恵美《ささきえみ》、二十五歳と二人で、私立探偵事務所を、立ち上げた。

事務所は、渋谷《しぶや》区初台《はつだい》の甲州《こうしゅう》街道に面した八階建てのビルの最上階の一室で、そこに「ツイン探偵社」という看板を掲げた。

看板には「若い優秀な男女の探偵が在籍しておりますので、あらゆる調査を引き受けます」と、書いた。

今まで、橋本は、自分一人だけで、仕事をしていたので、時には、男では、できないような調査を、頼まれてしまうこともあって、困っていたのだが、これからは、女性の私立探偵、佐々木恵美との、共同経営である。だから、どんな仕事でも、引き受けることができるようになった。

そこで、さっそく「あらゆる調査を引き受けます」と、なったのである。

二人事務所の開設に合わせて、二十一歳の青木理江子《あおきりえこ》という事務員も、雇った。

その後、仕事は、すこぶる、順調に進んでいるが、橋本にとって、何よりも、嬉しかったのは、個人でやっていた時よりも、探偵社としてもっとも必要な、信用が大きくなったことである。

事務所自体も、一人でやっていた時よりも二倍以上に広がったが、佐々木恵美のセンスがよくて、室内の装飾が明るくなり、客も入りやすくなった。

橋本は独身だが、佐々木恵美は、結婚している。夫の名前は、足立伸之《あだちのぶゆき》。恵美よりも十歳年上の三十五歳である。

恵美は、仕事の上では、旧姓のままでやりたいというので、橋本は、そのまま受け入れ、事情をくわしく聞いたことはない。

その足立に、橋本が会ったのは、一回だけだった。二人で、ツイン探偵社を、立ち上げる時の、事務所開きに、向こうは、夫婦で来て、足立が、橋本に向かって、

「家内のことを、どうぞ、よろしくお願いします」

と、丁寧《ていねい》に、頭を下げた。

恵美の話では、夫の足立は、学生時代から弁護士志望で、三十歳になって、やっと、司法試験に受かり、現在は、新橋《しんばし》にある、向井《むかい》法律事務所で働いているという。

橋本も、向井法律事務所という名前は、知っていた。東京には、多くの法律事務所があるが、中でも、大きな法律事務所である。

八月二十日、信用調査で、札幌《さっぽろ》に行っていた橋本は、四日ぶりに、東京に帰ってきた。

事務所に顔を出すと、事務員の、青木理江子が一人でいて、橋本に向かって、

「お帰りなさい」

と言い、コーヒーを淹《い》れてくれた。

「恵美さんは？」

と、橋本が、きくと、

「五日前に、特別調査を引き受けた失踪の件で、出かけています」

と、理江子が、言う。

パソコンで検索すると、そこに、五日前の八月十五日に、引き受けた特別調査の内容が、書き入れられていた。

特別調査
失踪人の捜査
事件や事故に遭《あ》った心配もあり、一刻も早く、行方不明になっている御園生加《みそのうか》奈子《なこ》、十八歳、大学一年生を見つけ出すこと。
依頼主は土井洋介《どいようすけ》、六十歳、調査対象者の伯父で、土井建設社長。
住所は、杉並区永福町《えいふくちょう》。報酬は、日当一万円プラス実費。成功報酬は、二百万円。

御園生加奈子の顔写真も、パソコンの画面に、表示されていた。

顔写真を見ると、なかなかの、美人である。

失踪したのは、八月十日となっていた。

御園生加奈子の趣味は、旅行で、大学の夏休みを利用して、一週間の予定で、八月三日に、関西の方に、出かけていったのだが、帰る予定の、八月十日になっても、帰らず、心当たりを、いろいろと当たってみたが、一向に見つからないため、十四日になって、ツイン探偵事務所に、電話で、調査を依頼してきたということらしい。

翌十五日、その人探しを担当することになって、佐々木恵美が、依頼主の土井洋介に会いに行ったことまでは、橋本も知っていた。だが、依頼の詳しい内容までは、知らなかった。

御園生加奈子の父親でも母親でもなく、伯父にあたる土井洋介、六十歳が、依頼してきたことになっている。

橋本には、その点が、少しばかり気になった。

画面の文字を追っていくと、次のような事情とわかった。

伯父、土井洋介の、説明によれば、御園生加奈子の父親は、加奈子が中学一年の時に病死し、母親の文江《ふみえ》も、五十三歳の時に、自動車事故で亡くなっている。

それで、後見人である伯父の土井洋介が、加奈子を探してくれるように、ツイン探偵社に依頼したと、そう説明してあった。

「恵美さんは、僕が札幌に出かけた十六日から、この御園生加奈子という女子大生を、探しに出かけているのか？」

コーヒーを飲みながら、橋本が、青木理江子に、きいた。

「そうです。十六日の朝早くから、女子大生を探してくるとおっしゃって、お出かけになりました」

と、理江子が、言う。

「その後、恵美さんから、何か連絡があったか？」

と、橋本が、きいた。

「昨日の夕方の六時頃、佐々木先生から連絡がありました」

「携帯で、かけてきたのか？」

「ええ、そうだと思います」

「それで、彼女は、いったい、何と言っていたんだ？」

「今、全力を挙《あ》げて、行方を探しているんだけど、なかなか見つからなくて、困っている。そう言った後で『なか』と言ったんです。そこで、突然、電話が切れてしまいました。たぶん、電池がなくなったんだと思います」

と、理江子が、言う。

「昨日十九日の、午後六時頃、恵美さんから、電話があったんだな？　それで、失踪した御園生加奈子という女子大生が、なかなか見つからなくて、困っている。そんな話をした後で、『なか』と言った途端《とたん》に、電話が切れてしまった。そうだね？」

「ええ、そうです」

「しかし、どうして、電池切れだと、わかるんだ？」

「佐々木先生は、最近、携帯を、今までのものから、スマートフォンに替えたんですが、スマホは、すぐ電池切れになってしまうから、イライラするわ。そう言って、怒っていましたから、昨日も、途中で、電池が、切れてしまったんじゃないかと思うんですけど」

「しかし、その後、恵美さんから、電話はないんだな？」

「ええ、ありません」

「もう一度確認するけど、昨日の夕方の六時頃にかかってきた電話では、最後に、恵美さんは『なか』と、言った。その直後、電話が切れてしまった？」

「そうです」

「その後、どうして、もう一度、電話をしてこないんだろう？」

「今度のお仕事ですけど、八月三十日までに、探してくれと頼まれているのに、なかなか、見つからないと言って、佐々木先生は、困っているようでしたから、仕事が忙しくて、電話が、かけられないのではないかと、思いますけど」

理江子が、説明するので、橋本は、佐々木恵美の新しい携帯に、かけてみた。

しかし、かからない。

呼び出し音も、しなかったから、たしかに、理江子の言う、電池切れなのかもしれなかった。

それでも、橋本が、さほど、心配しなかったのは、佐々木恵美が、いつも仕事熱心で、依頼された調査に、のめり込んでしまう、タイプだったからである。調査に夢中になると、細かいことには、気を配らなくなってしまうことがある。

佐々木恵美は、もともと、そんな、性格の女性だったからである。

しかし、翌日の、二十一日になっても、佐々木恵美から連絡はなかったし、こちらからも、連絡が取れないとなると、さすがに、橋本も、少しばかり不安になってきた。

橋本は、恵美の夫、弁護士の足立伸之に連絡を取って、聞いてみようと、思っていたら、足立のほうから、こちらの事務所に、顔を出した。

足立も、最初のうちは、恵美が、仕事が忙しくて、家に帰れないだけだと思っていたと言う。したがって、今もさほど、心配しているような様子はなく、

「今回は、どんな仕事で、どこに、出かけているんですか?」

と、きく。

橋本は、パソコンに、恵美が書いておいたものをコピーして、足立に、渡した。

「これが、今回、恵美さんがかかっている調査です」

足立は、そのコピーに、目を通してから、

「簡単に言ってしまえば、人探しですね。こういう仕事は、よくあるんです

か？」

「最近は、多くなっています。何しろ日本という国は、一年間に、三万人も行方不明者が、出るといわれていて、その行方不明になる理由も、いろいろありますからね。この事務所を作ってから、五ヶ月になりますが、その間に、五件の人探しを、引き受けています」

「それでは、恵美は、この仕事で、どこかに出かけているわけですか？」

「ええ、どうやら、関西方面に、行っているようなんですが、なぜか、恵美さんの携帯に、何度かけても、かからないんですよ。それで、私も、少しばかり、心配になっています」

と、橋本が、言った。

「そうですか。実は私も、五日も、家内が家に、帰ってこないので、少し、心配になりましてね。以前にも、二日ほど、調査のために、出張するといったことは、ありましたが、今回はちょっと、長すぎると思いました。もちろん彼女の携帯にも、何度か、電話をしてみましたが、かからなかった。こちらにも、全く連絡がないんですか？」

「恵美さんは、この調査に、十五日から取りかかっているはずなんです。十九日の夕方、六時頃だったそうですが、こちらに、恵美さんから、電話がかかってきています。私は、北海道に、出かけていたので、ウチで事務をやっている青木理江子という女性が、その電話を受けています」

橋本は、事務員の青木理江子を呼んだ。

青木理江子が、足立に、説明する。

「十九日の、午後六時を少し過ぎた頃だったと思いますが、佐々木先生から、電話が入りました。依頼されている調査を、やっているんだが、なかなか、思うように行かなくて困っている。そのあとで、『なか』と言った途端に、電話が、突然、切れてしまったんです。その後、すぐ佐々木先生の携帯に、電話をしてみたんですが、まったく、繋《つな》がりませんでした」

「彼女が言った『なか』というのは、何のことでしょうか？」

足立が、橋本に、きいた。

「私にもわかりません。人間の名前を言おうとしたのか、どこかの地名を、言おうとしたのかもしれませんね。『なか』といえば、人名なら、中島とか中村とかでしょう。地名ならば、恵美さんは、関西方面に行った可能性もあるので、そうなると、いちばん、考えられるのは、大阪の中之島《なかのしま》辺りだと、思いますが、人名や地名でもない、ほかのことかも、しれませんし、はっきりしたことは、私にもわかりません」

と、橋本が、言った。

「人探しの仕事というのは、危険なんでしょうか?」

と、足立が、きいた。

「パソコンの文章を見る限り、さほど、危険な仕事とは思えませんね。十八歳の大学一年生の女性がいなくなった。そのいなくなった女性を、探してくれという、調査依頼ですからね。若い女性は、いろいろなことに悩んで、ふと、いなくなることがありますからね。ウチでよく引き受ける、ごく普通の、調査のはずですよ」

橋本は、相手を安心させるように、言った。

「それで、どうしたら、家内に連絡が、取れるでしょうか?」

と、足立が、きく。

「これから、この調査の依頼主に会ってこようと、考えているんです。今、足立さんが、心配されているような危険な仕事なのか、それとも、普通の、人探しなのか、依頼主に会って話をきけば、何か、わかるかもしれませんから」

橋本が、言うと、足立は、

「私も、橋本さんと一緒に行って、構いませんか？」

2

橋本が運転する車で、失踪人の捜索の依頼主である土井洋介、六十歳に会うために、杉並区永福町に出かけた。

橋本が運転するのは、愛車の、軽自動車である。別に安いから、軽自動車に乗っているわけではない。探偵として誰かを尾行する時に、大型車で、尾行すると、相手が、細い路地に入った時に、追えなくなるからである。その点、軽自動車なら、たいていの細い道でも入っていける。

永福町の土井邸は、日本風の、豪邸だった。

土井建設社長という肩書の土井洋介は、和服姿で、橋本と足立の二人を、迎えた。

橋本は、土井洋介という人物から、人探しの依頼が来ていたことは、知っていたが、会うのは初めてだった。

橋本の差し出した名刺を見た土井は、依頼した調査の、中間報告に来たと、思ったらしく、

「依頼した御園生加奈子は、見つかったかね？」

と、いきなり、きいてきた。

「いえ、残念ながら、まだ、見つかっておりませんが、調査をやっているのは、先日、土井さんも会われた、私の同僚の佐々木恵美という、女性の探偵です」

「ああ、あの、女性探偵なら、よく覚えているよ。なかなか、しっかりしていて、彼女なら、すぐに、姪《めい》を探してくれるだろうと、期待しているんだ」

「それで、佐々木恵美は、すぐに、調査に取りかかったのですが、急に、彼女と、連絡が取れなくなりました。こちらは、彼女のご主人の足立さんです」

橋本が、紹介すると、足立が、弁護士の名刺を、土井に渡す。

その名刺を、あっさりと、自分の袂《たもと》に入れてから、

「あの女性の探偵さんが、行方不明になったからといって、どうしたのかなんて、私には、わからんよ。私は、姪を探してくれと、依頼しただけなのに、どうして、弁護士のご主人が、わざわざ、来られたんだね？　私のほうに、何か、文句があるのかね？」

少しばかり怒った口調で、土井が、きいた。

橋本は、慌《あわ》てて、

「そんなことは全くありません。土井さんが依頼された件について、どんな内容のものなのか、詳しく、お聞きしたいだけなのです」

「あの時に、女性の探偵の方に、説明した通りの、どこにでもある、簡単な人探しなんだよ。姪は今、大学一年生の十八歳だ。旅行が好きで、八月の三日に旅行に、出かけたが、その後、連絡が取れなくなってしまった。今は、若い女性の一人旅が、流行《はや》っているそうなので、さほど心配もせずにいたんだが、帰宅予定の八月十日を過ぎても、帰って来ないし、連絡も、取れない。それで、さすがに心配になって、おたくの事務所に、探してくれるように頼んだ。あの娘は、両親を

亡くして、今は、私が後見人になっている。放っておくわけにもいかんのだよ。ただ、それだけの話だ。別に、何かの事件とか、犯罪とかに絡《から》んで、加奈子が、いなくなったわけじゃないと思っているがね」

「御園生加奈子さんの、写真を拝見したのですが、ごく、普通の大学一年の女子大生ですね」

「そうだよ。どこにでもいる、今どきの娘だ。その時も言ったのだが、別に、危ないクスリを飲んでもいないし、何かの宗教に入ってもいない。ただの旅行好きの、普通の十八歳だね」

「ご両親は、二人とも亡くなられていると、お聞きしましたが」

これは、足立が、きいた。

「父親は、加奈子が、中学一年生の時に、病気で、亡くなっている。私の実の妹である母親は、その後、自動車事故で、亡くなった。五十三歳だった」

「ご兄弟は?」

「いない。一人娘だよ。それで、私が、彼女を、引き取ったわけだ。家庭には恵まれているとはいえないが、別に、それで、性格が暗くなったわけではなくて、どちらかというと、明るいほうだろうね」

「十五日に、佐々木恵美が、土井さんに、お聞きしたこととして、パソコンに、書き残していますが、もう一度、念のために、伺《うかが》いたい。加奈子さんがいなくなったのは、八月三日の旅行に出かけた後ですか？」

「そうだよ。八月三日に、一人で旅行に行くといって出かけていった。今も言ったように、彼女の趣味は、旅行だから、学校の春休みとか夏休みとかには、特に、よく出かけていたね。だから、心配は、何もしていなかった。ところが、一週間以上経っても帰ってこないし、連絡も取れなくなった。それで少し、心配になってきて、探してくれるように、あんたの事務所に、お願いしたわけだよ」

「どこに、行かれたのか、わかりますか？」

「どこといって、特定の場所は、言っていなかったね。本当は、東北に行きたいのだが、まだ、三月十一日の、東日本大震災の傷跡があるかもしれない。それを見るのは辛《つら》く、悲しいから、今回は、関西のほうに行くとは、言っていたよ」

「関西というとどの辺でしょうか？」

「それがわかっていれば、依頼した時に、話しているよ」

「八月三日に、旅行に出発した時の加奈子さんの服装を、知りたいのですが、スナップ写真がありませんか？」

「写真なら、この間、渡したはずなんだが」

「その顔写真を、佐々木恵美が、持って出かけてしまったので、申し訳ありませんが、スナップ写真を、一枚、いただきたいのです」

橋本が、言うと、土井は、ブツブツ何か言いながら、奥の部屋に、行き、何枚かの写真を持ってきた。その中の一枚を、橋本に渡した。

「この写真は、今年の連休に、九州に旅行した時の、服装だ。今回も、これに、似たような格好だったと、覚えている」

橋本は、その写真を、足立に、渡してから、

「それから、加奈子さんは、どんなものを、持って旅行に、出かけたんでしょうか？」

「これも、女性の探偵さんに、詳しく説明したはずなんだがね。あんたは、聞いていないのかい？」

土井は、ますます、不機嫌になっていくように見えた。

「申し訳ありませんが、もう一度、お聞きしたいのです」

「まず、携帯電話を、持っていたよ。最近買い換えた、スマートフォンとかいうヤツだ。それから、銀行のキャッシュカード。万が一、旅先で、大金が必要になった時に使うもので、M銀行新宿支店のカードだ。それから、リュックサックも、持っていったようだね。小さなものだが、一応、ブランド製品だ。たしか、中には、スケッチブックも、入れてあるはず」

「加奈子さんは、スケッチを、なさるんですか？」

「大学では、たしか、美術部に入っていると聞いている。だから、旅行に行く時は必ず、スケッチブックを、持って行ってたようだ。デジカメで、写真を撮るよりも、デッサンで描き込んだほうが、しっかり覚えると言っていたからね」

土井は、また、奥の部屋に引っ込み、一冊のスケッチブックを持ってきて、橋本と足立の二人に見せた。

ページをめくると、柔らかい四Bあたりの鉛筆で、描いたと思われるデッサンがあらわれた。

かなりうまいことは、美術には詳しくない橋本でも、十分に、わかった。

「加奈子さんが、異性関係で、悩んでいたとか、トラブルに、巻き込まれていたというようなことは、ありませんか？」

橋本が、きいた。

土井は、苦笑して、

「それは、どういう意味なんだ？」

「加奈子さんは十八歳ですし、写真で見る限り、かなりの美人です。当然、ボーイフレンドが、いると思うので、そのボーイフレンドと、何か問題を起こしていれば、今回、行方不明に、なったのも、それが理由かもしれません」

「そんなことは、私は、一度も、聞いたことがないね。もし、そんな問題があって悩んでいるなら、当然、私に相談するだろうし、夏休みだからといって、旅行に出かけたりは、しないだろう。だから、そうした問題はなかったと、思うよ」

「加奈子さんが親しくしていた、親友と呼べるような人がいたら、名前と、電話番号を教えていただきたいのですが。もしかしたら、加奈子さんと、佐々木恵美の所在を、知っているかもしれない」

これは、足立が、言った。

土井が教えてくれたのは、田中久美《たなかくみ》という、加奈子の大学の同級生の名前だった。加奈子とは、高校時代からの親友だという。

田中久美は、現在、本所《ほんじょ》で、駄菓子屋《だがしや》をやっている祖父母のところに、住んでいるという。

橋本は、土井に、向かって、

「加奈子さんから、中島とか、中村とかいう人の名前か、土地の名前を、聞いたことはありませんか？」

その質問に対して　土井は、あっさりと、

「そんな名前も場所も、聞いたことがないね」

と、否定した。

「最後に、もう一つだけ、質問させてください。私ども『ツイン探偵社』に、加奈子さん探しを、依頼されたのは、どんな経緯《けいい》からですか？」

橋本の問いに、土井は、意表をつかれたように、やや間を置いて、

「それは、一ヵ月ほど前、君たちの事務所の前を、車で通りかかってね。大きな看板が、印象に残っていたんだよ。それで、人探しを、と考えた時、社員に電話

番号を調べさせたんだよ」

しかし、橋本は、明らかに、土井の顔に、動揺が走っていることを、見逃さなかった。恐らく、土井は意図的に、「ツイン探偵社」に依頼してきたのだろうと、思った。

これで、土井洋介との会話は、終わりだった。

3

橋本と足立は、本所に向かった。

本所は、戦時中、B29の爆撃で、あたり一面を焼け野原に、されたところである。そのあたりが、戦後ビルになったせいか、下町なのにビルが多い。

二人が訪ねた駄菓子屋も、雑居ビルの一階にあった。店構えは、近代的なのに、中で売っているのは、昔から子供たちが、愛している駄菓子である。

橋本たちが、行った時、店には、五、六人の子供たちが、集まっていた。相手をしているのは、六十代の、女性である。

橋本は、大人になった今も、駄菓子が好きなのだが、今日は、駄菓子には、構っていられなかった。店の二階に住んでいる、田中久美という御園生加奈子の親友に会って、話をきかなければならない。幸い、久美は風邪気味とのことで、家にいた。

そこで、彼女を、近くの喫茶店に連れていって、話を、聞くことにした。

橋本が、御園生加奈子が、八月三日に、旅行に出かけたまま、今日に至るまで、行方がつかめない状態になっていることを、告げると、

「私にも、彼女がどこにいるかは、わかりませんけど、行方不明になりたい彼女の気持ちはわかりますよ」

と、久美は、言った。

橋本は、その言い方に、少しばかり驚いた。

「行方不明になりたい彼女の気持ちはわかるというのは、どういう意味か、説明してもらえませんか」

「彼女は、亡くなったご両親から、かなりの遺産を、もらっているんです。その点、私なんかから見れば、うらやましいんですけど、彼女は、今の自分の立場が、

何となく好きになれない。何だか怖いと、よく、言っているんです」

と、田中久美が、言う。

「それは、彼女の両親が、すでに、二人とも亡くなっていることと、関係があるんですか？」

「関係があるかもしれませんけど、私には、本当のところは、わかりません。今も言ったように、加奈子は、ご両親が亡くなって、たくさんの、遺産を手に入れたんですけど、それ以上に、両親のいないことに苦しんでいました」

「両親がいないのを、悲しむことはわかるが、若くして、莫大《ばくだい》な遺産が手に入ったのなら、それはそれで、嬉しいことじゃないかな？」

「自分の周りに、味方が、一人もいないからじゃないかしら？」

「でも、あなたが、いるじゃありませんか？　親友なんでしょう？」

橋本が、きいた。

「たしかに、加奈子のことが、好きだし、彼女だって、私のことが好きだと思いますよ。そうはいっても、肉親じゃないし、個人的な問題で、加奈子を助けることは、できませんから」

と、田中久美は、言う。

「加奈子さんには、土井洋介という伯父さんがいますよね？」

「ええ、何度か、お会いしたこともあります」

「今回、ウチの、探偵事務所に、加奈子さんを探してくれと、依頼されたのは、その土井さんなんですが、親戚なんですから、いろいろと、加奈子さんの力になってあげているんじゃありませんか？」

橋本が、きくと、田中久美は、小さく、笑って、

「私には、何とも、言えません」

その表情を、見ていると、田中久美は、どうやら、あの、土井洋介という加奈子の伯父に対して、あまりいい感情は、持っていないような気がした。

しかし、それについて、質問すれば、おそらく、彼女は、黙ってしまうだろう。そんな気がしたので、橋本は、話題を、変えることにした。

「加奈子さんは、旅行が好きで、よく旅行に行っていたそうですが、彼女と一緒に旅行に、行ったことが、ありますか？」

「私も旅行が、好きですから、何度か、加奈子と二人で、旅行しましたよ。北海

道や沖縄にも行ったし、今年の春には、高校の卒業記念で、パリに行きました」

久美が、言う。

「二人で、パリにですか？」

足立が、言った。

「彼女が、ご両親の遺産を、手にしたので、パリに行った時には、旅費も、向こうでの小遣いも、全部、加奈子が持ってくれたんです」

と、言ってから、田中久美は、左手に光る指輪を、橋本と、足立に、見せた。

「これも、パリにあるカルティエで買ったんですよ。加奈子とお揃《そろ》いなんですけど、お金を出してくれたのは、加奈子」

今度は、本当に、笑った。

ジャガーの形をした金の指輪で、ジャガーの目には、小さな緑色のエメラルドが埋め込まれていた。

4

その夜、橋本は、探偵事務所に泊まり込んだ。いろいろと、調べたいことがあったからである。

橋本は、同僚の佐々木恵美が、五ヵ月間使っていたキャビネットと、彼女の机の引き出しを開けて、そこに入っていた全てを、テーブルの上に、広げてみた。

最初に目に入ったのは、今まで、佐々木恵美が扱った調査報告書の控えである。毎月一件の割合で、大きな、調査依頼を引き受けて、調査し、依頼主に渡す報告書がある。その控えは、五冊に、わたっていた。

そのほか、大きな調査を、引き受けながら、小さな調査も、積極的に、引き受け、そちらも佐々木恵美は、精力的に、こなしていた。

結婚調査、信用調査、今回と同じ失踪者を探してほしいという依頼、さらに、離婚調査もある。

そうした調査依頼に対する調査報告書の控えを、橋本は、一冊ずつ、慎重に目を通していった。

今日一日、土井洋介や、田中久美に会って、佐々木恵美の失踪には、何か、大きな謎のようなものがあるのではないかと、感じたからだった。ひょっとすると、彼女が過去に調査をしたことの中に、今回の失踪の理由が、隠されているのかもしれない。

橋本は、そんなことも考えた。

結婚調査は二件、一件は、結納《ゆいのう》を取り交わした娘の母親からの、調査依頼である。

調査の主眼は、はっきりしていた。相手の男性が、過去に二度も、結婚に失敗して、離婚している。そこに、何か、問題があるのではないか？　男性に問題があるとしたら、いいなずけの関係を、解消したいという、娘の母親からの依頼だった。

佐々木恵美が、調べてみると、二度の離婚は、その原因が、彼の優しさにあるという意外な結果が、出てきた。それは、優しさでもあると、同時に、弱さでもあった。

妻にとって、結婚生活は、もっとも大事なものなのに、この男性は、友人に頼まれると、断ることができなくて、どんなことでも、友人のために、一肌脱いでしまう。

友人が、それまでの会社を、退職して、今でいう、ベンチャービジネスを立ち上げたい。会社を作るには、ある人数が、必要で、人数が揃わなければ、会社の組織が作れないと、言われると、男は、簡単にサインしてしまうのだった。

その上、会社を立ち上げるために、頼まれると、なけなしの貯金を下ろして出資し、一文無しになってしまう。

そうしたことが重なって、二回とも、妻のほうから、離婚の訴えが、起きてしまったのである。

友人、あるいは、親戚に対する優しさというのは、別に悪いことではないが、金が絡んでくると、家庭が崩壊してしまう。

佐々木恵美が作った報告書には、その点が、具体的に、書かれていた。

もう一件の結婚調査は、少しばかり、奇妙な依頼だった。

同じように、結婚を約束した娘の母親からの、調査依頼だったが、彼女の要求が、変わっていたのである。

母親としては、今回の、娘の結婚には、どうしても賛成できない。だから、この結婚は、何とかして止めさせたいと、思っている。

しかし、ただ、止めろといっても、娘は、言うことを、きかないだろう。

そこで、男について、女性にだらしがない。あるいは、金銭にもだらしがなくて、大きな失敗を、何度も繰り返している。そうしたマイナスの調査報告書を作ってほしい。それを見せて、娘に、今回の結婚を、諦《あきら》めさせたい。

この母親は、事務所に来て、そう言った。

だから、調査結果と違っていてもいい。男がだらしがなく、結婚に向いていないことを、書き並べてくれればいいという。つまり、その母親に都合のいいように、報告書を書いてほしいというのである。

その時、この調査依頼を引き受けるかどうかについては、橋本も、佐々木恵美と、話し合った。

その結果、そうした偽りの調査報告書を、書くことはできない。ただし、母親の気持ちもわからないではない。

その上、この母親は、希望どおり、この結婚が成立しなかった場合、成功報酬として、百万円を払うというのだ。ツイン探偵事務所を開いてから数ヶ月、探偵社としての基盤は、それほどしっかりとしたものになっているわけではない。

当然、金も欲しい。

そこで、佐々木恵美が、こんな提案をした。

この依頼は引き受けて、実際に、男性側の問題点を調べる。そして、そのまま、事実を、調査報告書には書く。

さらに、もう一通、調査報告書を用意する。こちらのほうは、母親の、要求通りの、ウソの報告書である。

でき上がった調査報告書を二通とも、母親に渡して、そのどちらを、娘に渡すか、それは、母親に、任せることにした。

しかし、娘は、結局、その男性と結婚してしまい、成功報酬は貰えなかった。

素行《そこう》調査もあった。

これは、文字通り、夫婦の間の片方が、相手の素行に、疑いを持って、調べてほしいという調査である。

昔は、夫の素行が怪しいという、妻からの依頼が、ほとんどだったが、最近は、妻の行動がおかしいので、調べてほしいという夫側からの依頼が増えている。

佐々木恵美が、六月に行った調査も、一回り若い、妻の素行が心配だという、大手企業の部長の夫からの、依頼だった。

調査の結果、若い妻に、彼氏のいることがわかった。その彼というのは、夫よりもはるかに若い、スポーツマンである。

佐々木恵美は、事実をそのまま、調査報告書に書いて、依頼主の夫に提出した。

その結果を聞いて、橋本が、

「少しばかり、その部長さんが可哀そうになってくるね」

と言うと、佐々木恵美が、笑って、

「別に、可哀そうでも、気の毒でもないわ」

「どうして？」

「こちらで、調べていたら、ダンナのほうにも若い彼女がいたのよ。だから、どっちもどっちだわ」

と、恵美が、言った。

最近、これらの調査の他に、信用調査も多くなった。

例えば、小学校の校長を定年で退職した男が、かなりの額の、退職金をもらったが、その退職金を、投資したいと考えた。

そんな時に、知人から、有利な投資先があるからと紹介された事業だが、はたして、本当に信用できるのかどうか、それを、調べてほしいという依頼である。

最近、こういう調査依頼が、目立って多くなってきたのは、団塊《だんかい》の世代が、定年退職する時期になってきたからかもしれない。

今、世の中には、かなりの額の、退職金が動いている。それを狙って、詐欺師たちも動いている。だから、調査依頼も、自然と増えてくるのである。

今回のものは、調べてみると、やはりネズミ講の、一種だったので、その件を調査報告書に書いて渡し、小学校の校長が定年退職して手にした退職金は、守られたのである。

簡単な身上調査というものもある。

大会社の場合は、社内に、調査部というセクションがあって、新規に採用した新入社員の素行や、思想傾向を、調べるのだが、中小企業は、そんな調査部門は、持っていない。そこで、探偵事務所に、依頼するのである。

身上調査は、調査が、ほかの調査に比べて、比較的簡単である。その新入社員が、学生時代に、どんなことをしていたかは、大学に行って、教授に聞けば、誰でも気安く教えてくれる。

こうした簡単な身上調査は、引き受け料金が、安いので、一人で十件も二十件も引き受けて、片っ端から、片付けていくのである。

橋本が、調べたところ、佐々木恵美が依頼を受けて調査し、報告書を作成したもので、問題になっているようなことは、何もなかった。

いずれもきちんと、調査をして、調査報告書を、依頼主に渡していて、苦情は、来ていない。

橋本は、途中から安心と疲れで、眠くなり、ソファに横になって、そのまま、眠ってしまった。

5

事務員の青木理江子の声で、橋本は、目を覚ました。

目をこすりながら、時計に、目をやると、午前十時に近かった。

「おはようございます。橋本先生に、用事があるというお客様が、お待ちに、なっていらっしゃいますよ」

と、青木理江子が、言う。

なるほど、少し離れたところに、若い男が二人、こちらを、見ていた。

「どなたですか？」

橋本が、きくと、男の一人が、

「まだ眠いでしょう。顔を洗って、すっきりされたら、いかがですか？　少しばかり、混み入ったことで、お聞きしたいと思っていますので」

と、言った。

男の、そんな言い方に、橋本は、すぐ、

（この二人は、どうやら、刑事らしい）

と、思った。

橋本自身も、以前は、警視庁捜査一課の刑事だったことがある。だから、言葉遣いや雰囲気で、相手が刑事だと、見当がつくことが多い。

橋本は、言われるままに、洗面所で顔を洗うと、戻ってきて、二人の男と向かい合って腰を下ろした。

案の定、二人の男は、警察手帳を見せてから、自己紹介をした。杉並警察署の刑事だった。

佐伯《さえき》という刑事が、

「土井洋介さんという方を、ご存じですよね？」

「ええ、昨日、お会いしました。土井さんが、どうかされたんですか？」

「今朝早く、亡くなりました」

「亡くなった？　土井さんが？」

「ええ、土井洋介さんは、毎朝、自宅近くの公園を、散歩されるのが、日課になっていたそうですが、今朝、散歩の途中で、刺殺死体で発見されました。どうやら何者かに、ナイフで胸を刺されたようです。財布も残っていたし、他に盗《と》られた物もないので、物盗りに襲われたということではないと、思えます。土井洋介に恨みを持つ者か、あるいは通り魔の犯行ということになりますが、被害者は、敵が多いという評判なので、怨恨《えんこん》の線が濃いと、見ています」

「本当ですか？」

「本当だからこそ、こうして、こちらに、伺ったのです。昨日、橋本さんは、土井洋介さんと、お会いになったそうですが、その時に、どんな話をされたんですか？」

佐伯刑事が、きく。

「ウチの事務所は、佐々木恵美という女性探偵と、私の二人でやっています。今月の十五日に、刑事さんが言われた、土井洋介さんから、行方不明になっている姪を、探してくれという依頼が、あったのです。それで、さっそく調査を、開始したのですが、なかなか見つからないので、もっと手掛かりを教えて頂きたくて、依頼主の土井さんにお会いしたのです」

「あなたが、その行方不明の女性を、探しているんですか？」

もう一人の刑事が、きいた。

「いや、私では、ありません。この調査は、もう一人の同僚の女性の私立探偵が、担当しています」

「それでは、その人に、お話を、お聞きしたいですが、こちらにいらっしゃいますかね？」

「それが、彼女も、土井洋介さんに、依頼された行方不明の女子大生を、探しているうちに、連絡が、取れなくなってしまいましてね。私も、同僚の彼女と、連絡が取れなくて、困っているんです」

「なるほど。それでは、土井洋介さんの依頼内容について、詳しく、お聞きしましょうか」

刑事の一人が、手帳を取り出した。

橋本が、例のコピーを渡すと、二人の刑事は、それを熱心に、読んでいたが、

「これを見る限り、ごく、普通の人探しの仕事ですね。特に、変わったようなところは、見当たりませんね」

「その通りです。普通の調査依頼ですし、そこに書かれているように、何の問題も、ありません。とにかく、失踪した一人の女性を探せばいいだけですからね。ウチでは、前にも、似たようなこうした調査を引き受けたことが、何度か、あります。調査は成功して、何の問題もありませんでした。ですから、土井さんから、この探偵社に、調査依頼があったことと、彼が殺されたこととは、関係ないんじゃないんですか？」

と、橋本が、答える。

「しかし、あなたは、昨日、依頼主の土井洋介さんに、わざわざ、会いに出かけた。それは、なぜですか？」

と、佐伯が、きく。

「それは、この調査を担当した、佐々木恵美という女性探偵と、調査の途中で、連絡が取れなくなってしまったからです。ひょっとすると、この調査に問題があるのではないのか？　そう考えたので、昨日、依頼主の、土井さんに会いに行って、いろいろと話をきいたのです」

「それで、何かわかったんですか？」

「そうですね。これはという問題は、何も話してもらえませんでした。両親が二人とも早く亡くなった十八歳の姪について、土井さんは、彼女は、大学一年生だが、旅行好きなので、何も心配は、していなかった。ところが、八月三日に出発して、旅行予定の一週間が経っても、帰ってこないし、連絡も、取れなくなってしまったので、ウチに、探してほしいという、依頼があったわけです。その話を、聞く限り、これといった問題は、ないように思いました。最初に、調査依頼を受けた時も、そうですが、調査を始めた後でも、問題がないように思えました。もちろん、依頼主の土井さんが、亡くなってしまうなどということは、全く、考えもしていませんでした」

と、橋本が、言った。

「ここに、成功報酬二百万円と書いてありますね？」

コピーを、指差しながら、佐伯が、橋本に、いった。

「この成功報酬の金額は、どうなんですか？　失踪人を探す場合の、成功報酬として、この二百万円というのは、相場通りですか？　それとも、高いですか？」

「そうですね、一般の人には、とてつもなく、高いと思われるでしょうが、金持ちの土井さんにとって、可愛い姪だということですから、二百万円の成功報酬は、そんなにビックリするような金額じゃないと思いますね」

と、橋本が、言った。

「亡くなった土井洋介さんから見れば、可愛い姪の失踪ですか？」

佐伯が、おうむ返しに言う。

橋本は、失踪した御園生加奈子の親友、田中久美が、言った言葉を思い出していた。

　彼女の言葉をそのまま信用すれば、加奈子と、伯父の土井洋介との間には、何か、精神的な葛藤《かっとう》のようなものが、あるらしいのだが、橋本は、そのことを、刑事に話す気は、なかった。

「この御園生加奈子という失踪人を、探しているのは、同僚の佐々木恵美という女性の、私立探偵だと言われた。その女性探偵とも、なぜか、連絡が取れなくなったと、さっき、そう、言われたが、間違いありませんか？」

「本当ですが、こちらのほうは、まだ失踪かどうかはわかりません。とにかく、この御園生加奈子という女性を、探すために出かけたのですが、仕事が、なかなか、思うようにはかどらないという電話が、一度だけあったきりです。心配ですが、仕事に熱中して、こちらへの連絡を忘れているだけのことかもしれません」

　と、橋本が、言った。

「もし、佐々木恵美さんという探偵と連絡が取れたら、すぐ、こちらに知らせてください」

　連絡先の電話番号を書いた、メモを橋本に渡すと、二人の刑事は、帰っていった。一人になると、

「参《まい》ったな」

と、橋本は、つぶやいた。

理江子が淹《い》れてくれたコーヒーを飲んでいると、

「何だか、問題が、続いて起きているみたいですね」

と、彼女が言う。

たしかに、理江子の言う通りなのだ。

佐々木恵美のことも、もちろん心配だが、ここに来て、彼女が、調査している失踪人、御園生加奈子の伯父が、今朝早く、散歩に出て、殺されてしまったという。

橋本は、元刑事なので、つい刑事の気持ちになって考えてしまう。

今朝早く、突然発生したという殺人事件は、佐々木恵美の失踪と、あるいは、御園生加奈子の失踪と、何らかの、関係があるのだろうか?

第二章　高山さんまち

1

八月二十四日の、午後一時から、土井洋介の告別式が行われた。

会場は、自宅近くの剣山寺である。

土井洋介が、社長を務めていた土井建設は、公共事業にも手を染《そ》めていたので、参列者の中には、何人かの政治家の顔もあった。

十津川《とつがわ》警部と亀井《かめい》刑事が参列したのは、杉並警察署と警視庁捜査一課との、合同捜査本部が、設置されたためであった。葬儀場で、何か、犯人の手掛かりが、摑めるかもしれないと思ったからである。

喪主を務めたのは、土井妙子《たえこ》、四十歳である。

この喪主について、驚きを隠せない人も多かった。死んだ、土井洋介には、御園生加奈子以外には、肉親がいないと、言われていたからである。

土井洋介は、五十五歳の時、妻と死別している。その後の五年間、女性関係は派手だったが、再婚はしていないということだった。

亀井刑事が、すかさず、喪主の土井妙子について、聞き込みをやって、十津川に、報告した。

「戸籍上、彼女は今、土井洋介の妻ということになっていますね。もともとは、六本木のクラブのママで、今も、店に出ているそうです。店での名前は、服部《はっとり》妙子です。土井洋介が、今年に、入ってすぐ、彼女との結婚を決めていたらしいんですが、入籍は、密《ひそ》かに、行われたので、それを、知らない人がほとんどのようです」

「いつ、入籍したんだ？」

「七月の一日だそうです」

「七月一日か。すると、まだ、二ヶ月も経っていないんだな」

十津川が、つぶやいた。

土井洋介が、朝の散歩の途中で、何者かに刺されて殺されたのは、八月二十二日である。入籍が、七月一日で、その日付を考えると、入籍と、殺人との間に、何かあるのではないかと考える者も多いらしい。

十津川は、喪主席にいる土井妙子に、目をやった。

喪服が似合う女という言葉があるが、その言葉通り、土井妙子は色白で、黒い喪服が、よく、似合っている。

しかし、その表情からは、彼女が今、何を考えているのかは、わからなかった。焼香《しょうこう》する人に向かって、丁寧に頭を下げている妙子は、いかにも落ち着いている、そんな感じだった。

参列者のなかに、顔見知りの私立探偵、橋本豊の姿が、あった。十津川は、杉並警察署の刑事から、土井洋介が殺された前日、橋本が、土井に会いに行っていたことを聞いていた。橋本も、土井が殺されたことに衝撃を受け、葬儀場でなにか、失踪した同僚の手掛かりを、摑もうとしているのだろう。

午後二時、土井洋介の、遺体は、荼毘《だび》に付されるために、斎場に、運ばれて行った。

土井妙子という、喪主もいなくなり、告別式を仕切っていた、土井建設の副社長や、同業者たちの姿も、消えて、剣山寺の周辺は、急に静かになった。

十津川と亀井は、斎場には、行かず、剣山寺に、残って、引き続き、参列者を、観察していた。

「ホトケさんの評判は、あまりよくありませんね」

小声で、亀井が、言う。

「そりゃ、そうだろう。何しろ、やり手で、会社では、大変な、ワンマンで、政商としても、有名だそうだからな。敵も多く、他人の恨みを買っていることは、間違いないよ。なかには、殺してやりたいほど、憎んでいた者もいただろう。自分の利益しか考えず、痛い目にあった取引業者もたくさん、いるというからね」

十津川が、答えた時、表のほうで、ちょっとした、騒ぎがあった。

十津川たちが、顔を出してみると、そこにいた、土井建設の社員の一人が、

「たった今、行方不明になっていた、御園生加奈子さんが、帰ってきたんですよ。社長が突然、亡くなられたことに対して、特に、取り乱すこともなく、焼香だけ

すると、疲れたといって、すぐ、自宅に帰ってしまいましたが」

と、言う。

「彼女は、一人で、帰ってきたんですか？」

十津川が、きいた。

「ええ、そうです。一人で、お帰りになりました」

「今、疲れたと言ったそうですが、ほかに何か、気がつかれたことはありませんか？」

十津川が、きいた。

「疲れた様子で、何を聞いても、黙ったままでしたが、特に変な感じはしませんでした」

と、社員が、言う。

十津川は亀井と、すぐに自宅のほうに行ってみた。こちらのほうは、ひっそりと、静かである。

そこには、私立探偵の橋本豊がいた。

十津川は、杉並署の刑事から、橋本の探偵事務所が、土井洋介から、失踪した姪の御園生加奈子の、捜索の依頼を、受けていたことを、聞いていた。

十津川は、橋本が、昔の部下だったので、

「御園生加奈子が、帰ってきたそうじゃないか？」

と、気安く、声をかけた。

「そうなんですよ。それで、私の同僚の佐々木恵美も一緒なのではないかと思って、慌てて剣山寺からこちらに飛んできたんですが、どうやら、御園生加奈子は、一人で、帰ってきたようですね。話を聞こうとしたんですが、すでに部屋に入って、寝てしまったようです」

と、橋本が、言った。

十津川たちが、玄関ベルを鳴らすと、中年の女性が、ドアを開けてくれた。警察手帳を見せ、御園生加奈子との面会を求めた。この土井家に、五年前から、お手伝いとして、勤めているという五味秀子《ごみひでこ》という女性は、十津川たちに、向かって、

「お嬢様は、もう、ベッドに入られました。大変疲れているので、今日は、誰にも、お会いしたくないそうです」

「今まで、どこにいたのか、聞いていますか？」

十津川が、きいた。

「いいえ、何も、聞いておりません。とにかく疲れたから、眠りたいとしか、おっしゃらないんですよ。本当に疲れていらっしゃる様子で、すぐ、寝室にご案内しました」

「何か、言っていましたか？」

「疲れたとだけしか、おっしゃっていません」

お手伝いの五味秀子は、おなじことを繰り返した。

今のところ、御園生加奈子は、容疑者というわけではないから、寝ているところを、叩き起こして、話を聞くわけにもいかない。

十津川は、代わりに、五味秀子に、今日、喪主を、務めている、土井妙子のことを、聞いてみることにした。

「今日の告別式で、喪主を、務めている土井妙子さんですが、五味さんは、前にも会ったことがありますか？」

「前に、何度か、お会いしたことは、ありますけど、そんなにしばしば、お会いしているわけじゃありません。せいぜい四、五回といったところでしょうか」

「その土井妙子さんが、どういう人かは、ご存じですね？」

「もちろん、知っていました。六本木で、クラブをなさっている方なんでしょう？」

さして関心が、なさそうな様子で、秀子が、言った。

「土井洋介さんが、彼女を七月一日に入籍していたことは、ご存じでしたか？」

亀井が、きいた。

「いえ、まさか二ヵ月前に、結婚なさっていたなんて、全然、知りませんでした。昨日、突然、あの方が、喪主を務めるという話を、聞いて、ビックリしたくらいです。そのことを、知っていた人は、ほとんど、いなかったんじゃありませんか」

秀子が、答える。

「土井妙子さんというのは、どういう、性格の女性ですか？　同じ女性のあなたから見ての感想でも、いいので、話していただけませんか？」

十津川が、言った。

「旦那様が、妙子さんを、こちらに連れていらっしゃった時は、とても、しおらしくなさっていましたよ。ですから、普段から、あまりしゃべらない、物静かな方だろうと、思っていました。ある時、副社長が、見えたので、彼女について聞いたら、気の強い女性だよと、一言おっしゃっていました。でも、私は、そういう、彼女を見たことがありませんから、本当かどうかは、存じません」

「あなたは、五年前からここで働いているわけですが、その頃の彼女を、覚えていますか？」

「旦那様は、奥様を、何でも、ガンで亡くされたそうです。私は、その後で、この家に、お手伝いとして、勤めるようになったんですよ。今の奥様と旦那様が、いつ頃から、お付き合いなさっていたのかは、わかりません」

「その時、御園生加奈子さんは、もうこの家にいましたか？」

今度は、橋本が、きいた。

「いいえ、いませんでした。お嬢様が、この家に来られたのは、二年前のことです。旦那様から、『両親を亡くした可哀相な姪だから、面倒を見るように』と、仰せつかったのです。たしか、まだ高校生だったと、思います」

と、秀子が、言う。

秀子は、ポツリ、ポツリとしか、話さないのだが、それでも、土井家のことについては、何でも、よく知っているという、そんな感じだった。

その後、一時間、二時間と過ぎても、御園生加奈子が、起きてくる気配はなかった。

十津川は、秀子に、寝室を覗いてきてもらうと、

「よほど、疲れていらっしゃるんでしょうね。まだ、ぐっすり眠っていらっしゃいますよ」

と、秀子が、報告した。

仕方なく、十津川が、そろそろ、引き揚げるというと、橋本も、引き揚げるという。そこで、永福町駅の近くの、喫茶店で、コーヒーを、飲みながら、今後、どうするか、話し合った。

「君の同僚の佐々木恵美さんからは、まだ、何の連絡もないのか？」

亀井が、きく。

亀井から見れば、橋本は、後輩の、元刑事である。

「まだ、何の連絡もないので、心配しています」

「しかし、佐々木恵美さんは、死んだ土井洋介から頼まれて、御園生加奈子を、探しに行っていたんだろう?」

「そうです。土井洋介からの依頼を受けて、八月十六日から、御園生加奈子を、探すために、動いていました」

「その御園生加奈子が、帰ってきたんだから、佐々木恵美さんも、帰ってくるんじゃないのかね?」

「そうなれば、嬉しいんですが、さっき留守番の女の子に電話をかけたら、まだ、佐々木恵美からは、何の連絡も、入っていないと、言っていました」

「御園生加奈子が起きたら、何か、わかるかもしれないぞ」

　慰めるように、亀井が、言った。

「君は、いつから、佐々木恵美さんを知っていたんだ?」

　十津川が、コーヒーを口に運びながら、橋本に、きいた。

「二年くらい前からです。その頃、彼女は、ある大きな、探偵社で働いていたんですが、独立したがっているという話を、聞いたので、それなら、二人で、一緒にやりませんかと、誘ったんですよ。そうしたら、あっさりOKしてくれて、今の『ツイン探偵社』を、立ち上げました」

「依頼された、調査をしていて、今回のように、何日間も、連絡が取れなくなることは、これまでにも、あったのかね？」

「連絡が、取れなくなるということは、ありました。しかし、今回のように、四、五日も、連絡が取れなくなることは、一度も、ありませんでした。だから、心配なんです」

「ところで、なぜ土井洋介は、君の会社に、調査を依頼したのだろうかね？」

と、十津川が、きいた。

「ええ、その点が気になったので、土井社長に聞いたら、私の事務所を、見たことがあったので、社員に電話番号を、調べさせたと言うんです。しかし、動揺している感じが、見てとれましたから、以前から、佐々木恵美のことを、知っていて、接触してきたのかもしれません」

と、橋本は、答えた。

いつもの、橋本なら、警視庁を辞めて、私立探偵になった頃の話をすることが、多いのだが、今日は、佐々木恵美のことが、心配なのだろう、いつになく暗い顔をしていた。

2

翌日、十津川は、御園生加奈子に話を聞こうと、永福町の、土井邸を訪ねた。

今日は、亀井の代わりに、女性刑事の、北条早苗《ほうじょうさなえ》を連れて行った。そのほうが、御園生加奈子も、話しやすいだろうと思ったのである。

しかし、行ってみると、お手伝いの五味秀子が、出てきて、十津川の顔を、見るなり、

「お嬢様は、もう、お出かけになってしまいましたよ」

と、言う。

「こんなに、朝早くから、どこに行ったんですか？」

十津川は、自分の、腕時計に、目をやった。

まだ午前八時になったばかりである。

「本所にいる、お友だちに会ってくると言って、三十分ほど前に、お出かけになりました」

と、秀子が、言う。

(本所なら、田中久美という、親友のところだな)

と、思いながら、十津川は、

「加奈子さんは、朝食を、ちゃんと、取ってから、出かけたんですか?」

「あまり、食欲がないと言われて、一口だけお食べになりました。それだけです。そのあと、お友だちの方に、電話をかけてから、お出かけに、なりました」

「昨日、告別式の、喪主を務めた土井妙子さんは、今、どうしています?」

北条早苗が、きいた。

「奥さまは、昨日のことで、疲れたので、ゆっくり、眠りたいわと、言われて、まだ寝ていらっしゃいますけど」

「彼女は、これからは、ずっと、ここに住むのでしょうか?」

「そのことについては、何も、聞いていませんが、副社長さんの話では、妙子さんは、六本木のクラブを、人に譲って、ここに住むと、いうことらしいですよ」

と、秀子が、言う。

その時、奥から、ベルの音が聞こえた。

「奥さまが、起きられたようですわ」

「それでは、これから、会って、話ができるかどうかを、聞いてきてください」

十津川が、頼んだ。

それから、三十分近く待たされた。

「お化粧ですよ、きっと」

早苗が、小声で、言う。

十津川は、苦笑した。

十津川と北条早苗は、更に十分近く待たされてから、やっと、土井妙子と、庭に面した応接室で、会うことができた。

早苗が、言ったように、妙子は、きちんと化粧をし、落ち着いた着物姿になっていた。

お手伝いの秀子が、コーヒーとケーキを、運んでくる。

「昨日は、大変でしたね。ご愁傷様《しゅうしょう》でした。お疲れは、もう、取れましたか？」

と、十津川が、言った。

「ありがとうございます。何とか、葬儀が無事に終わって、ホッとしております」

と、妙子が、言う。

「野暮《やぼ》なことを、聞くようですが、亡くなられた土井さんとは、いつ頃からの、お知り合いですか？」

「五年ほど、前でしょうかしら。奥さんが亡くなられて、その後、時々、私の、六本木の店にお顔を見せるようになりました」

「今年の七月一日に、入籍されたと聞いたんですが？」

「ええ、その通りです」

「それは、土井さんのほうから、結婚してほしいと言われたんですか？」

早苗が、きく。

「最初に、土井のほうから、結婚しようじゃないかと言われたのは、去年の、秋頃だったと思います。なんでも、姪御さんの後見役になって、巨額の資金を使えるようになったので、店を辞めて、自分のそばにいて欲しいと、プロポーズされたんです。そうしてくれたら贅沢三昧《ぜいたくざんまい》の生活をさせてやるからって。私のほうは、どうしようかと迷って、しばらく考えさせてほしいと、言ったんです。今年の初めに、また結婚の話を、土井から強く言われて、この七月に、入籍いたしました」

「しかし、入籍していることを、知らない人が多かったみたいですね」

「そうかもしれません。二人とも、大げさなことには、したくなくて、土井と二人で、区役所に行って、籍を入れましたが、それだけですから。式も挙げませんでしたし、発表もしませんでした。ですから、今、刑事さんが、言われたように、知らない方も、多かったと思います」

「御園生加奈子さんには、その時、知らせたんですか？」

早苗が、きいた。

「おそらく、土井が話していたんだろうと思います。私のほうから、加奈子さんに、話したことは、ございません」

「失礼なことを、お聞きしますけど、御園生加奈子さんは、賛成していましたか？　彼女は、何といっても若い女性ですから、もしかしたら、反対されたんじゃありませんか？」

と、早苗が、きく。

妙子は、微笑した。

「さあ、どうでしょう。私にも、若い娘さんの気持ちはわかりません」

「わからないというのは、どういうことでしょう？」

早苗は、遠慮なく、きいていく。

「加奈子さんは、普段から、ほとんどしゃべらない人で、何を考えているのか、わからないところが、あるんですよ。それに、加奈子さんは、土井さんの娘じゃなくて、姪御さんだと聞いていますから、私たちの結婚に、賛成も反対も関係ないと、思いますが」

「御園生加奈子さんが、八月三日に、旅行に出かけてから、所在が、わからなくなっていました。その頃は、妙子さんは、この家に来ていらっしゃいましたか？それとも、どこか、別のところにいらっしゃいましたか？」

「七月一日に、入籍はしましたけど、その後もずっと、私は、六本木の、自宅マンションのほうに住んでいました」

「それは、どうしてですか？」

「そのほうが、気が楽だったんです。だから、土井も、私に会いたくなると、六本木のマンションのほうに、来てくれていました」

「御園生加奈子さんは、昨日の、告別式の最中に、突然、帰ってきましたが、失踪中のことを、何か話しましたか？」

「私も、彼女と、話をしたかったんですけど、できませんでした。私も、いろいろと、心配でしたから、何があったのか、どこにいたのか、聞こうと思ったんですけど、加奈子さんは、帰ってくるとすぐ、自分の部屋に、引っ込んで、そのまま、眠ってしまいましたし、今朝も、朝食を、済ませると、早々に、出かけてしまって、昨日から、全く話をしていないんですよ」

その後も、御園生加奈子について質問しても、妙子は、ほとんど、知らないと言い、二人だけで話をしないので、何を考えているのかわからないと言う。

それが、本当かどうか、十津川には、残念ながら、判断がつかなかった。

十津川は、御園生加奈子が帰ってきたら、連絡してくださいと頼み、自分の携帯電話の番号を書いたメモを、妙子に渡してから、帰ることにした。

表に停めておいたパトカーに戻り、腕時計を、見てから、十津川は、橋本に、携帯電話をかけた。

佐々木恵美が、帰っていれば、御園生加奈子について、何か、わかるかもしれないと、思ったからである。

電話に出たのは、探偵事務所の、事務員、青木理江子だった。

「橋本君をお願いします」

と、言うと、理江子は、

「今、現場に行っています」

と、早口で、言う。

現場という言い方に、十津川は、引っかかるものを感じて、

「現場というのは、いったい、どこですか？」

と、きくと、途端に、青木理江子の声の調子が変わって、

「佐々木先生が、亡くなったんです」

「佐々木恵美さんが、死んだ？　どこで？　いつですか？」

「よくわかりませんけど、さっき、警察から、電話があったんです。そうしたら、

橋本先生は、顔色を変えて、佐々木恵美さんが死んだらしい。すぐに、現場に行ってくる。そう言われて、飛び出していかれたんです」

と、理江子が、言った。

「どこの警察ですか？」

「墨田《すみだ》警察署と言っていました」

十津川は、電話を切ると、北条早苗刑事に向かって、

「すぐ墨田に行ってみよう」

と、声をかけた。

車の中から、十津川は、墨田警察署に、電話をかけた。

担当の大下《おおした》という刑事が、電話に出て、

「近くのビルから、飛び降りて亡くなった女性が、いました。『ツイン探偵社』の身分証明証を、持っていたので、電話で知らせたんです。元警視庁の刑事で、亡くなった女性の同僚だという橋本豊さんが、署に見えています」

大下刑事から、橋本に、電話が代わった。その声は、興奮して、高ぶっていた。

「警部、何が何だか、わからないんですが、佐々木恵美が死んだんですよ」

「今、大下刑事から聞いた。近くのビルから転落したそうだね？」

「そうなんです。自殺じゃないかという声もあるんですが、私は、彼女が、殺されたと、思っています。遺書もないし、何で、彼女が、ビルの屋上から、飛び降りなくちゃならんのですか？」

橋本が、声を荒らげて、言う。

「しばらく、そっちに、いるんだろう？」

「そうです。そのつもりです」

「私も、今から、そちらに行く。そこにいてくれ」

と、十津川は、言った。

十津川は、北条刑事と、墨田警察署に急行した。

墨田警察署は、慌ただしい空気に、包まれていた。

その奥から、橋本が、飛び出してきた。顔が紅潮している。十津川の顔を、見るなり、大声で、

「佐々木恵美は、殺されたんですよ。間違いありません！」

「こちらの警察は、どう、見ているんだ？　殺人だと、思っているのか？」

十津川が、きいた。

「取りあえず、自殺、他殺の両面から、調べると言っていました。しかし、あれは、どう見ても、他殺ですよ。そもそも、彼女が、自殺なんてするはずがないんだ。佐々木恵美は、殺された土井洋介に頼まれた人探しの件で、調査をしていたんです。どう見ても、この二つの事件は関連があると、思います」

と、橋本は興奮気味に、答えた。

現場は、隅田川《すみだがわ》沿いの、十階建てのビルである。ビルの裏は、隅田川に、なっている。

そこにある、わずかな、隙間で、佐々木恵美は、死体で発見されたという。

十津川は、橋本の案内で、現場になったビルに行ってみた。

典型的な十階建ての雑居ビルである。一階には、ラーメンのチェーン店が入っていた。二階から九階まで、いろんな名称の店や事務所の看板が、かかっていたが、十階には、見当たらなかった。そこは空室なのだろう。

ビルの側面には、非常階段があって、

「この階段を使えば、屋上まで出られるようになっています」

と、橋本が、言った。

北条早苗を、車に待たせておいて、十津川と橋本の二人は、非常階段を、屋上まで上がって行った。

「非常階段は、普通は、鍵がかかっているはずだろう。それなら、簡単には、入れないんじゃないのか？」

「それが、ビルには、いろいろなテナントが入っていて、閉める時間が、それぞれ違うらしいんです。それで、非常階段の鍵は、いつも、かかっていなかったそうです。ですから、誰でも、屋上まで上がっていけたんですよ」

と、橋本が、言う。

たしかに、屋上には、上がれるのだが、今は、そこには、ロープが、張られていて、若い警官が二人で、警戒していた。

十津川は、二人の警官に、警察手帳を見せてから、橋本と、屋上に上がった。

日が昇って、夏の暑い太陽が、屋上いっぱいに照りつけている。

二人は、屋上の端まで、歩いていき、そこから下を覗いた。

「この真下に、佐々木恵美の死体が、あったそうです。発見されたのは早朝で、

「おそらく、昨日の夜、ここから、落ちたのだと推測されています。第一発見者は、一階のラーメン屋の店員だそうです」

橋本が、説明した。

「それで、佐々木恵美さんの、所持品は、どうなっている？」

「墨田警察署で預かっているようです。私は、警察の人間じゃないので、見せてもらえませんでした」

所持品を、見せないということは、地元の警察も、自殺よりも、他殺の可能性が大きいと思っているからだろうか。

墨田警察署に戻ると、十津川が、口をきき、橋本と一緒に、死んだ、佐々木恵美の所持品を、見せてもらった。

佐々木恵美の死体は、すでに、司法解剖のために、病院に、運ばれている。

その彼女が、身に着けていたものが、机の上に、並べてあった。

腕時計、運転免許証、身分証明証、何枚かの、クレジットカード。財布と現金が、五万六千円。

そして、奇妙なものも、二つ並んでいた。

その一つは、ナイフであり、もう一つは、薬の袋だった。

逆に、本来ならば、当然、持っているはずなのに、ないものもあった。

その一つは、彼女が、いつも持っている携帯電話である。

「彼女が、普段、ナイフを持ち歩いていたなんてことは、ないんですよ。それなのに、どうして、ナイフを、持っていたのかわかりません」

と、橋本が、言う。

北条早苗が、ちょっと考えて、

「護身用じゃないかしら?」

「どうして」

「なんとなく、そう思うの」

「そんな危険な仕事じゃなかったはずなんだが」

と、橋本が、首をかしげた。

次は、薬の袋だった。

「これ、漢方薬ですよ」

と、北条早苗刑事が、言った。

どうやら、漢方の胃腸薬らしい。袋の表には、反魂丹《はんごんたん》と印刷され、中には、丸薬が、九粒ずつ入っている。一日分の胃腸薬と、書かれているから、朝昼晩の三回分だろう。

吉野《よしの》薬局という名前もあり、住所は、高山《たかやま》市上二之町《かみにのまち》とあった。

「佐々木恵美さんは、漢方薬を飲んでいたのか？」

十津川が、きくと、

「いいえ」

橋本が、首を横に振る。

「彼女が、漢方薬を飲んでいる話なんて、聞いたことが、ありません。飲んでいるところを、見たこともありません。事務所の近くの病院で、診断を受けて、そこからもらってきた、風邪薬や頭痛薬などを、飲んでいましたが」

と、橋本が、言った。

「袋には、一日分の、胃腸薬とあって、丸薬の入った小さな袋が、三つあるから、これは、まだ飲んではいないんだ」

と、十津川が、言った。

「じゃあ、この漢方薬の店に、用があって、行ったのかもしれませんね」

と、早苗が、言う。

「ここにある所持品のほかに、何か、ないものはあるか？」

十津川が、橋本に、きいた。

橋本は、改めて机の上を、見てから、

「そういえば、いつも、使っている電子手帳がありませんね」

「佐々木恵美さんは、調査の時、電子手帳を、持っていくのか？」

「そうです。昔は、何か気になることや、わからないことがあると、いちいち、手帳に書き留めておいたらしいんですが、最近は、電子手帳のほうが便利だといって、いつも、持ち歩いていました。その電子手帳が、ありませんね」

と、橋本が、言った。

（これで、ますます、他殺の可能性が、高くなったな）

と、十津川は、思った。

念のため、十津川は、橋本に命じて、佐々木恵美の夫である足立伸之に、問い合わせ電話をかけさせた。橋本は、今は十津川の部下ではないのだが、つい、昔の癖で、十津川は、橋本に、指示を出してしまうのだ。

その電話の結果、足立は、恵美が高山市出身で、天涯孤独の身だと、聞いたことがあるということだった。また、漢方薬を飲んでいるところを、見たことは、一度もなかったらしい。

十津川はすぐ、三上《みかみ》刑事部長に、電話をかけた。

十津川は、墨田区内で起きたこの事件が、八月二十二日に起きた、土井洋介殺しと関係がありそうなので、自分に、担当させてほしいと、要望した。

どうやら、地元の警察署からも、同じような要請が、三上刑事部長のところにあったらしく、簡単に、

「こちらでも、君に、担当してもらいたいと思っていたんだ」

と、言った。

その後、恵美の遺体は、夫の足立伸之に引き取られて、二日後、葬儀が行われるということだった。

十津川は、土井洋介と、佐々木恵美との接点が、何処《どこ》にあるのか調べれば、事件の解明に近づけるだろうと、思った。

そこで、部下の日下《くさか》刑事と西本《にしもと》刑事に、土井洋介の身辺を調べさせることにした。

そして、十津川は、佐々木恵美の捜査に、専念することにした。

十津川は、まず、漢方薬の袋に、書いてあった、高山市に行ってみることにした。佐々木恵美が、高山市出身だとしたら、そこに何か、事件のヒントが隠されているに違いない。

3

亀井刑事と、新幹線で、名古屋まで行き、名古屋から高山本線に乗るのだが、名古屋駅で、橋本と、一緒になった。

橋本も、漢方薬の袋のことで、高山に行ってみることにしたという。

十一時四十三分、名古屋発の、特急「ワイドビューひだ九号」に乗った。今から五年前、十津川は、犯人を追って、亀井と二人で、高山までこの特急「ワイドビューひだ」に乗ったことがある。

亀井も、それを思い出していて、

「高山に行くのは、たしか、五年ぶりですね」

と、言った。

その時も、高山本線は、電化されていなくて、単線で、ディーゼル特急に、乗ったのだが、五年ぶりの高山本線は、その頃と、全く変わっていなかった。相変わらず、非電化で、走っているのは、ディーゼル特急だった。

五両編成の特急「ワイドビューひだ」である。

三人は、座席を、向い合せにした。ウィークデーなのに、車内は、七割から、八割くらいの乗客で、埋まっていた。しかも、若者が多い。五年前もそうだったが、今も、飛騨《ひだ》高山というところには、若者を惹《ひ》きつける、何かが、あるのだろう。

「佐々木恵美さんから、高山のことを聞いたことがあるのか？」

十津川が、橋本に、きいた。

「それが、何とか、思い出そうとしているんですが、高山という地名を、彼女から、聞いた記憶がないんです」

と、橋本が、答えた。

「高山出身だとすると、彼女は、君と仕事をする前も、その後も、何度も高山に来ていて、そこで漢方薬を入手していたと、推測することもできる。問題は、なぜ、飲みもしないのに、わざわざ漢方薬を求めたか、ということだ」

「そうすると、彼女が、誰かから、東京で、もらったのかもしれないな」

と、亀井が、言った。

「そこが、よくわからないんですよ。亀井さんのいうように、彼女が、東京で漢方薬をもらったとしても、どうして、そんなものを、もらったのか？　高山の薬局で作られた漢方薬だからもらったのか？　それとも、ただ単に、漢方薬が、懐かしかったからもらったのか？　いったい、誰から、もらったのか？　それを知りたいですよ」

「彼女が、漢方薬が、好きだったということは、ないんだな？」

「少なくとも、そういう話を、したことはありませんし、彼女が、漢方薬を飲んでいるのを見たこともありません。それに、彼女といろいろと、話をするようになったのは、一緒に仕事をするようになった、五ヶ月前です」

途中で、十津川の携帯電話に、捜査本部にいる西本刑事から連絡が入った。

十津川はデッキへ移動した。

「司法解剖の、詳しい結果が出ました。問題なのは、佐々木恵美さんの胃の中から、睡眠薬が、発見されたということです。どうやら、彼女は、昏睡《こんすい》状態で、十階建てのビルの屋上から、落ちたと思われます。これで、自殺の線は消えました。殺人の可能性が、百パーセントです」

と、西本が、言った。

デッキから、座席に戻ると、西本の報告を、そのまま、亀井と、橋本に伝えた。

「そうですか。やっぱり、殺しだったんですね」

橋本が、強い口調で言う。

亀井は、十津川に、言う。

「土井洋介が、朝の散歩中に、殺されましたが、その殺しと、佐々木恵美の殺しとは、何か関係があるんでしょうか？」

「おそらく、関係があるだろう。御園生加奈子が、何かしゃべってくれれば、二つの事件の間に、どんな関係があるかが、わかるかもしれない」

十津川は、冷静だった。

「御園生加奈子は、なぜ、何も、しゃべらないんでしょうか?」

橋本が、きく。

「御園生加奈子に話を聞きたいんだが、困ったことに、まだ、永福町の自宅に、帰ってないんだ」

「じゃあ、まだ、親友だという田中久美という女性のところに、いるんですか?」

「それが、二人で、どこかに出かけてしまっている」

「また失踪ですか?」

「いや、田中久美は、祖母に断ってから、出かけたというから、失踪じゃない。祖母には、もし田中久美から電話が来たら、警察に連絡するように、頼んでおいたんだが」

と、十津川が、言った。

「少しばかり、御園生加奈子という女性に、腹が、立ってきました」

と、橋本が、言った。

「どうしてだ？」

「彼女が失踪しなければ、ウチで、彼女の捜索なんかやりませんでしたし、佐々木恵美が、死ぬこともなかったんですよ。そう考えていくと、自由奔放《ほんぽう》な加奈子という女性に、腹が立ってくるんですよ」

本気で怒っている口調だった。

列車は、飛驒川に沿って走る。急流が、さまざまな絶景を作っている。観光客には、目の保養になるのだろう。乗客の二、三人が、歓声をあげている。

しかし、十津川たち三人は、そうした景色を楽しむこともなく、相変わらず、今回の事件について話し合っていた。

列車が、下呂《げろ》温泉に着いた。以前、十津川たちは、ここで降り、犯人が、この温泉町を、見下ろす山に埋めた死体を、掘り起こしたことがあった。

下呂温泉は、古い温泉で、下呂という名前にも、いわれが、あるらしい。

しかし、事件を追っていると、そうした楽しい話など、なかなか耳に入ってこない。それが、耳に入ってくるのは、事件が解決した後である。

十三時二十五分、列車は、下呂を発車した。次は、終点の、高山である。

橋本は、携帯電話で、事務所の青木理江子に連絡をとった。自分の代理として、佐々木恵美の葬儀に、参列するように、頼んだのだ。

定刻の十四時〇八分に、高山に着いた。今も昔も、高山本線を、代表する駅にしては、小さな、こぢんまりとした、構えの駅である。

しかし、今日も、いくつかの若者のグループが、この高山で、降りた。

十津川たちは、まず、駅前の食堂で、少しばかり遅めの昼食を、取ることにした。

食事をするついでに、十津川は、店の主人に、持ってきた、漢方薬の袋を見せて、この吉野薬局というのを、知っているかと、きいた。

「この薬局なら、知っていますよ」

と、言って、食堂の主人が、くわしく説明してくれた。

高山というところは、古い店構えの建物が多いところだが、その中でも、上一之町が有名で、観光客を、集めていた。最近は、上二之町、上三之町も有名になり、この三つが「さんまち通り」と呼ばれるようになって、観光客を、集めているのだという。

「その上二之町に行けば、すぐに、わかりますよ。それらしい店構えの、薬局ですから」

と、教えてくれた。

「この高山には、今でも、漢方薬の愛好家が、いるんですか？」

十津川が、きくと、食堂の主人は、笑顔になって、

「とにかく、高山本線の終点は、この先の、富山ですからね」

と、言った。

食堂の主人が、言いたかったのは、富山の薬売りとか、越中富山《えっちゅうとやま》の万金丹《まんきんたん》とかいう言葉だったろう。

食事が済むと、三人は、タクシーを拾い、食堂の主人が、教えてくれた上二之町に、向かった。ここは、せまい通りで、古い店構えの店が多い。

その通りを、観光客が、ぞろぞろ歩き、店の中をのぞき込んだり、写真を、撮ったりしている。

吉野薬局というのは、たしかに、古い店構えで、店先には、「くすり」と大き

く書いた看板が出ていた。

中に入ると、漢方薬の、匂いがする。

六十歳くらいの、店の主人が出てきて、三人を迎えた。

十津川が、例の、薬の袋を取り出して、店の主人に見せた。

「これは、こちらで、出したものですね？」

「ええ、そうですよ。ウチの袋です。ウチでは、胃腸薬や、風邪薬が、いちばん出るんですよ。何しろ、よく効きますからね」

店の主人が、言った。

「実は、東京で死んだ女性が、いましてね。佐々木恵美という女性なんですが、その人が、この袋を、持っていたんです。それで、お聞きするんですが、彼女が、この胃腸薬、反魂丹というんですか、この薬を、買いに来たことはありますか？」

と、十津川が、きいた。

十津川の言葉に、合わせるように、橋本が、持ってきた、佐々木恵美の写真を三枚、店の主人の前に並べた。

「この人なんですが、来ませんでしたか？」

と、橋本が、十津川と同じことを、きいた。

「この方は、何をされている方なんですか？」

店の主人が、聞き返す。

「私の同僚で、私立探偵を、やっています」

と、橋本が、言った。

「そうですか」

と、うなずき、すぐに眼をあげて、

「生憎《あいにく》ですが、この方には、見覚えが、ありませんね。何しろ、ここにも、毎日たくさんの人が、やって来ますからね」

念のために、十津川は、

「大学の一年生で、十八歳の、御園生加奈子という人は、どうですか？　見たことはありませんか？」

と、きき、こちらの写真も、橋本が取り出して、店の主人の前に、置いた。

「申し訳ないが、見たことが、ありませんね。このお二人とも、漢方薬が、お好きなんですか？」

主人が、無表情に、聞き返す。

「それは、わかりません。ただ、最初の写真の女性は、この店の名前の入った、薬の袋を、持って死んでいたんですよ」

橋本が言い、亀井が、

「ウチの奥さんは、昔から、漢方薬が好きでしてね。漢方の風邪薬が、あったら、一ついただきたい」

と、言った。

店の主人は、袋に入ったものを持ってきて、亀井に渡した。

「これが、ウチの薬の中では、いちばんよく売れている風邪薬ですよ」

それを買って、三人は、吉野薬局を出た。

4

同じ通りには、大正時代の造りの、古めかしい喫茶店もあって、三人は、取りあえず、そこに入った。クーラーが、よく利いている。

通りを隔《へだ》てて、斜め前に、今出てきたばかりの、吉野薬局がある。

三人は、窓際に、腰を下ろし、紅茶とクッキーを頼んでから、吉野薬局に目をやった。

「薬局の主人は、ウソをついているね」

と、十津川が、言った。

「どうしてですか？」

と、橋本が、きく。

「佐々木恵美と御園生加奈子の写真を見せただろう？　すると、知らないと言った。普通なら、それで、終わるはずなのに、あの主人は、何を、やっている人ですかとか、漢方薬に、関心があるんですかとか、質問してきたじゃないか？　つまり、あの男は、佐々木恵美か、御園生加奈子の、どちらかを、間違いなく知っているんだ。それも多分、深い知り合いだ」

と、十津川が、言った。

「たしかに、そうかもしれませんね。つとめて平静を装い、関わりたくないといった感じが、しましたからね」

と、橋本が、肯《うなず》く。

「おそらく、こちらが、何のために、やって来たかを、知ろうとして、いろいろと質問をしているんだろう」

十津川は、吉野薬局の主人が出てきたら、尾行するつもりだったが、いっこうに出てくる気配がない。

十津川は、喫茶店のママに、吉野薬局のことを、聞いてみることにした。

四十代に見えるママは、十津川の質問に答えて、

「あそこの、ご主人は、いい人ですよ。信頼もされているし、私なんかも、時々、薬を調合してもらいますし、相談にも、乗ってもらっています」

「あの店は、古いんですか？」

「たぶん、この上二之町では、いちばん、古いんじゃないかしら？　何しろ、江戸時代から、続く薬局だそうですから」

「風邪薬を買うために、私たちが入った時には、お客さんが、一人もいなかったけど、あれで商売は、成り立っているんですか？」

と、亀井が、きいた。

「最近は、西洋の薬よりも、漢方薬のほうが信用できるという人も、多いんですよ。それで、遠くから、わざわざ、あそこまで、薬を買いに来る人もいるようですよ。それに、今、高山の観光スポットの、一つにもなっていますからね」

と、ママが、言った。

十津川は、念のため、佐々木恵美と御園生加奈子の名前を言い、写真を見せて、

「最近、この二人を、見かけたことはありませんか？」

と、きいてみた。

ママは、しばらく、写真を眺めていたが、

「いいえ、見たことのない顔ですね。全然、記憶が、ありませんけど」

と、言ってから、

「私は、ここの、生まれじゃないんですよ。ここには、お嫁に、来たんで、この町の、古いことは、何も、知らないのです。今の話も、全部、主人の、受け売りです」

と、言って、笑った。

十津川が、ママに、吉野薬局のほかに、この通りで、古くからやっている店はどこかと、聞くと、通りの端にある、紙問屋だと、教えてくれた。

三人は、今度は、そこに、行ってみることにした。

紙問屋といっても、小売りもしている。高山から、世界文化遺産になった、白《しら》川郷《かわごう》にバスが通っている。その白川郷と、同じ世界遺産の五箇山《ごかやま》は、昔から、和紙作りで有名だった。今でも、同じように、和紙を作っているのだろう。

紙問屋は、白川郷と五箇山の和紙を扱っている店だった。

店番をしていたのは、和服姿の六十五、六歳に、見える女性だった。

店の中には、さまざまな模様の和紙、折り紙が、置いてあり、壁には、和紙で作った着物が、飾ってあった。

「この店は、かなり、古いそうですね？」

十津川が、声をかけた。

「ええ、古いですよ。何しろ、創業は、江戸時代ですから」

と、女性が、言う。

「ここに、この女性が、来ませんでしたか？」

少し急《せ》かせるように、橋本が、佐々木恵美と、御園生加奈子の写真を、相手に、見せた。

一瞬、店番の女性は、黙り込んでしまった。が、そのあと、間を置いて、

「こういう人たちは、ここでは、見ておりませんね」

と、言った。

「本当に、この二人が、来たことはありませんか？」

「ええ、来ておりませんよ。ウチのような店は、若い人は、あまり、来ないんですよ」

怒ったような口調で、女が、言った。女は、明らかに、迷惑だと言わんばかりに、眉をひそめていた。

十津川は、じっと、女を見ていた。

彼女は、その、視線をかわすように、後ろ向きになると、どこかに、電話をかけはじめた。それは、十津川の視線や、橋本の質問を、かわすために、無理をして、電話をかけているように、十津川には見えた。

しかし、この様子では、いくら問い詰めても、店番の女性は、素直に話しては、

くれないだろう。

彼女の声や姿勢は、明らかに、十津川たち三人を、拒否していたからである。

5

三人は、店を出た。

相変わらず、通りは、若い観光客で賑わっている。最近の若い人たちは、歴史に興味を持つように、なったのだろうか？　それとも、歴史の残る町への興味なのか。

それにしても、暑かった。

東京に比べると、この高山は、北にあると思えるのに、この暑さは、高山が、盆地の中にある町だからだろうか？

「ここの警察署に行って、あの漢方薬局の主人や、紙問屋の女性について、調べてもらったらどうですか？　御園生加奈子はさておき、佐々木恵美は、高山出身なのですから、彼らが知っている可能性は高い、と思います」

歩きながら、亀井が、言った。

「しかしね」

十津川も、歩きながら、答える。

「われわれは今、佐々木恵美と、土井洋介が殺された事件についての、捜査をしている。その捜査のために、この高山にやって来たんだが、殺された二人と、高山とが、どういう関係にあるかということは、今のところ、はっきりしていないんだ。佐々木恵美が、薬局の薬袋を、持って死んでいたとしても、あの薬局の主人に、何も知らないと言われてしまえば、そこで壁に、ぶつかってしまう。地元の警察に、頼んだところで、おそらく、結果は、同じことだろう」

「とにかく、ホテルに、入りましょう。暑くてたまらん」

と、亀井が、言った。

第三章　五年前の漢方薬

1

八月二十八日、橋本が東京の事務所に帰った日、変な電話がかかってきた。

「こちらは宅配です。今、佐々木恵美さんのマンションの前にいるんですが、いくらベルを鳴らしても出ていらっしゃいません。どうやら、お留守のようなんですよ。留守の時には、そちらに、持っていくように言われているんですが、今から、そちらに荷物を、お届けしたいのですが、構いませんか？」

と、男の声が、言う。

橋本には、宅配業者のいう「佐々木恵美さんのマンションの前」というのが、まずわからなかった。

彼女は、夫の足立伸之と一緒に住んでいるはずである。だとすれば、「佐々木恵美さんのマンション」とは、言わないだろう。足立さんのマンションと言うはずだ。

とにかく、理由はわからないが、宅配業者は、死んだ佐々木恵美に、頼まれたものを、運んできたらしい。

橋本は、その何かを知りたくて、

「それじゃあ、こちらに、持ってきてください。お預かりしますよ」

と、言った。

しばらくすると、事務所に、宅配業者の男が、やって来た。

持ってきたのは、五十センチ四方くらいの小包である。表には、この近くのマンションの名前と、三〇二号室という部屋ナンバー、佐々木恵美様という宛て名が、書いてある。

その住所は、橋本が聞いている足立夫妻の住所とは、全く、違っていて、橋本の事務所に近いマンションなのである。

そんなマンションの、三〇二号室を、佐々木恵美は、いったい、何のために、契約していたのだろうか？　しかも、旧姓で。

小包の、差出人の住所と名前は、次のようになっていた。

岐阜県高山市上一之町　柴崎《しばざき》薬局　柴崎憲子《のりこ》

橋本には、高山市上一之町という住所にも、柴崎薬局という薬局にも、全く、心当たりがなかった。佐々木恵美の口から、高山という町の名前を聞いたことも、一度もないのである。ただ、高山から帰ったばかりなのだ。そう考えると、高山ばやりともいえる。

この小包の差出人の住所と、佐々木恵美という、宛て名を見る限り、彼女が死ぬ前、高山市の、柴崎薬局という薬局に行くか、電話をするなりして、柴崎憲子という女性に、何かを送ってくれるように頼んでいたことは、間違いないらしい。

橋本は、首を傾《かし》げながら、ダンボールの箱を開けてみた。

中から出てきたのは、薬を入れる袋と、薬の宣伝ポスターだった。

薬の袋の中身は、入っていなかったが、その袋に印刷されていたのは、「漢方薬『生命丸』三浦製薬株式会社、三袋」という文字だった。あの袋とよく似ている。なぜ、恵美は、漢方薬に興味をもっていたのか？

次は、四つに畳まれた、薬の宣伝ポスターである。広げてみると、そこには「漢方薬『生命丸』こそ、ガンへの免疫力を高める特効薬です。西洋医学では末期ガンに勝てません。今こそ、この漢方薬『生命丸』で寿命を伸ばしましょう」とあり、そのガンに効果がある漢方薬で救われたという、橋本も知っている女優の名前と笑顔が、載っていた。

ポスターには、もう一人の、推薦者として、漢方薬の研究で博士号を取ったという、S大の大久保《おおくぼ》教授の名前と顔が、載っていた。

小包の中身は、それだけだった。手紙といったようなものは、何も入っていない。

更に、ポスターのいちばん下に書かれている文字を見ると、「越中八尾《やつお》　三浦《みうら》製薬」という名前があった。

橋本は、念のために、この奇妙な小包の中身のことを、佐々木恵美の夫、足立仲之に電話で聞いてみた。

しかし、足立は、妻の恵美が、高山市の出身だという以外には、何も聞いたことはなく、ましてや、恵美が、漢方薬に、興味を持っていることも、知らなかったという。

橋本は、佐々木恵美が、事務所の近くに自分のマンションを、持っていたことは、夫の足立には言わなかった。

しかし、目の前の小包が気になることには変わりはない。いや、夫が何も知らなかったことで、更に、関心が高まっていった。

夫の足立が、知らないということで、小包の中身も、高山市の漢方薬も、越中八尾の三浦製薬という会社も、なおさら、気になってくる。

こうなれば、もう一度、高山市に行くより仕方がないだろう。

橋本は、十津川に電話をかけ、奇妙な小包のことと、もう一度、高山市に行ってみるつもりでいることを、告げた。

それに対して、十津川は、

「こちらも、佐々木恵美に関する捜査が、壁に、ぶつかって、何の進展もない。

正直なところ、困っているんだ。だから、明日、もう一度、君と一緒に、高山に行きたいね」

と、言った。

2

翌日、十津川と、橋本は、東京駅で落ち合い、新幹線に乗って、名古屋に、向かった。

橋本は、新幹線の中で、小包に入っていた漢方薬の袋を、十津川に、見せることにした。

十津川は、その漢方薬の袋を見つめていたが、

「ここに書かれている、高山市内の柴崎薬局に電話をして、この小包のことを、聞いてみたのか？」

と、橋本に、きいた。

「そうしてみようかとも、思いましたが、どうも、この小包のことは、死んだ、

佐々木恵美が、内密にしていたのではないかと、思うのです。そうでなければ、私か、夫の足立伸之かに、話をしていたと思うのですが、足立に、確認したところ、全く聞いたことがないと、言っています。ですから、私は、電話ではなく、向こうに行って、直接、話を聞こうと思っています」

「不思議な話だな」

と、十津川が、言った。

「そうなんです。奇妙な話なんですよ」

「君は、佐々木恵美とは、いったい、何年ぐらいの付き合いなんだ?」

「彼女が、大手の探偵事務所で、働いている時から知っていますから、二年ぐらいに、なります。ただ、親しく、話をするようになったのは、今年、一緒に、探偵事務所をやるようになってからです」

「それでも、君は、彼女から高山という町のことを聞いたことはないんだろう?」

「全くありません」

「漢方薬のこともか?」

「そうです」

「探偵事務所の近くに、彼女が勝手に、マンションを借りていたことも、知らなかった？」

「ええ、全く知りませんでした。夫の足立には、マンションのことを聞いていませんが、彼も、全く知らなかったようですね。夫に、前もって話していれば、彼女がいない時には、荷物は、夫婦で住んでいる住居のほうに配達されていた筈です。しかも、本人がいない時には、事務所のほうに、配達されるようになっていたんです。ですから、あのマンションのことは、夫の、足立は、全く知らなかったと、思いますね」

「たしかに、奇妙な話だな。佐々木恵美は、夫にも、仕事の相棒の君にも、高山のことも、漢方薬のことも、話してなかったんだからね。その理由が、わからない」

「私も昨日、いろいろと、考えました。今年の春から、一緒に探偵事務所をやってきました。五ヶ月ですよ。一緒に、食事をしたこともあるし、映画も見に行っています。しかし、考えてみると、彼女は、子どもの頃の話は、全く、しませんでしたね」

と、橋本が、続ける。

「だから、彼女が、どこで生まれ、どんなふうに、育ったのかを、全く、知らないんですよ」

「彼女の子供の時の話に、君は、興味がなかったのか？」

「そんなことは、ありません。興味は、大いにありますよ。しかし、夫の足立も、お互いの過去には、触れないという約束で、恵美と結婚したそうですからね。彼女が話さない限り、こちらから、無理やり聞くことでもありませんから」

と、橋本が、言った。

二人は、名古屋で新幹線を降りると、高山本線の、特急に乗り換えた。「特急ワイドビューひだ九号」である。先日と同じである。

名古屋を午前十一時四十三分に、発車し、終点の高山には、十四時〇八分に着く。

座席に、腰を下ろすと、橋本は、買ってきた小型の時刻表を手に、高山本線のページを開いた。

「特急ワイドビューひだ」は、高山が、終点の列車もあるし、その先の富山まで行く列車もある。高山と富山の間に、越中八尾《えっちゅうやつお》がある。「風の盆」で有名な町である。


橋本が、考えながら、時刻表を見ていると、

「君は、高山に行くのは、先日が初めてだったのか？」

と、十津川が、きいた。

「そうですが、警部は、以前に行かれたことが、あるんですか？」

「五年前に仕事で一度だけ、行ったことがある。もちろん、その時も、今日と、同じ『特急ワイドビューひだ』に乗ったんだが、この高山本線は、全く、変わらないね。五年前も単線で、電化されていなくて、だから、特急はディーゼル特急だったよ。それほど、進歩のない特急列車なのに、今日もそうだが、なぜか、若い男女が、たくさん乗っている。それだけ、高山という町には、若者を、惹きつける何かがあるんだろうね」

「最近は、歴史の好きな若者が、増えてきたからじゃありませんか？」

と、橋本が、言った。

列車は、尾張一宮《おわりいちのみや》、岐阜《ぎふ》、猪谷《いのたに》、と停まっていく。途中から、車窓には、飛驒川の渓流が見えるようになった。

急流のせいか、川岸には、水流で削られた崖が、延々と続いている。車内アナウンスが、「飛水峡《ひすいきょう》」という名所だと、教えてくれる。

橋本は、窓の外を流れる景色に目をやりながら、

「彼女が、学生時代に高山にいたとすれば、毎日のように、この列車に乗っていたかもしれませんね」

そんな橋本の言葉を、聞きながら、十津川はふと、

（橋本の奴、死んだ佐々木恵美という女性に、本気で惚《ほ》れていたのかも知れないな）

と、思ったりしていた。

定刻に高山に着く。今日も暑いが、相変わらず、若者のグループが、この駅で降りて、散って行く。

十津川は、今日は、何としてでも、高山の町と、佐々木恵美との関係を、確かめたいと思ったので、タクシーは使わず、駅近くで、レンタカーを借りた。

そのあと、駅で入手した高山の市内地図を、車の中で広げ、地図の上で、市内の何処《どこ》を廻るかを決めた。

とにかく、柴崎薬局のある上一之町へ行くことに決め、運転は、若い橋本が、することにした。

上一之町の入り口で、二人はレンタカーを降り、観光客で賑《にぎ》わう通りを歩いて行った。

「先日は、この高山で、不思議な目にあいましたね」

歩きながら、橋本が、言う。

「そうだったな。上二之町の住人が、佐々木恵美のことを知っているはずなのに、話を聞いた誰も彼もが、全く、知らないふりをしていた。あれは、何かを怖がっているんだと思ったよ」

「いったい、何を怖がっているんですかね？」

通りの中程のところに、柴崎薬局があった。漢方薬専門の店である。

ここでは、橋本が、話をすることになった。

「柴崎憲子さんという方は、いらっしゃいますか？」

と、声をかけると、店番をしていた六十代に見える男が、奥に向かって、

「憲子、お客さんだよ」

と、声をかけてくれた。
一、二分して、和服姿の柴崎憲子が、姿を見せた。亡くなった佐々木恵美と、同年齢くらいに見える。
橋本は、事務所に送られてきた小包と、そこに書かれていた、差出人の名前を相手に見せて、

「この小包を、昨日、受け取りました。宛て名の、佐々木恵美さんは、僕と二人で、『ツイン探偵社』という、小さな探偵事務所を、やっていたのです」

「ええ、そのことは、恵美から、きいています」

と、柴崎憲子が、答える。

「どうして、この小包を、あなたが、送ってきたのか、佐々木恵美さんと、いったい、どんな、関係なのか、それを、教えていただけませんか？」

と、橋本が、きいた。

橋本と柴崎憲子のやり取りを聞いていた、さっきの店番の男が、柴崎憲子に向

かって、

「店番は、私がしているから、お茶でも飲みながら、お客さんと一緒に、ゆっくり話をしてきなさい」

と、言ってくれた。どうやら、憲子の父親らしい。

おかげで、十津川と橋本、そして、柴崎憲子の三人は、二、三軒先にある、これもアンティックな喫茶店に行って、話を続けることになった。

高山は、喫茶店の多い町だが、面白いことに、カフェと言ったり、茶房と言ったり、喫茶と名乗ったりしている。

三人の入った店は、大正ロマンの香りがあって、見ると、「カフェ高山」という名前の店だった。

その店にふさわしく、ウェイトレスは、和服姿だった。それも黄八丈《きはちじょう》である。

その店の隅で、橋本と十津川は、柴崎憲子と向かい合って、腰を下ろした。

「この町には、昔、ウチと、同じように、漢方薬を扱っている店がありました。佐々木薬局というんですけど、恵美は、その薬局の一人娘だったんですよ」

と、憲子が、言う。自分とは、高校の同窓だったとも言った。

「やはり、夫の足立伸之が、聞いていたとおり、彼女は、この町の出身だったんですね？」

「ええ、そうですよ」

「そんな話、彼女からは、一度も聞いたことがありませんでしたよ」

と、橋本が、言った。

「恵美のことを、いろいろ、お聞きになっていますが、恵美になんか、あったのですか？」

と、憲子が、きいてきた。

「佐々木恵美は、亡くなりました。僕は、殺されたのではないかと、思っています」

と、橋本が、言った。

「恵美が、死んだ……」

憲子は、絶句した。

「その佐々木薬局には、今も、誰か彼女の親族が、住んでいるんですか？」

十津川が、きいた。

「いえ、今は、もう、佐々木薬局という店も、ありません。火事で焼けてしまいました」

「それでは、彼女の両親は、今、どこにいるんですか？」

「亡くなりました、二人とも。それで、名古屋で、大学生活を、送っていた恵美は、帰る家がなくなり、一人で、東京に出ていったんです」

「それは、いつ頃の、話ですか？」

橋本が、きいた。

「五年前ですけど」

と、憲子が、言う。

「それで、彼女は、あなたに、今度送ってきた漢方薬の袋や、宣伝ポスターを見つけたら、送ってくれるように、頼んでいたんですね？」

「ええ、そうです。見つかったので、送りました」

「彼女は、いつ頃、あなたに、そんなことを頼んだんですか？」

橋本が、きく。

「今年の三月頃だったと思います。何年振りかに、突然、恵美が訪ねてきて、私に言ったんです。『三浦製薬が、万能薬として販売していた、生命丸の薬袋と、もう一つ、五年前に、ガンにも効果がある万能薬として売り出していた、その漢方薬の生命丸のポスターがあれば、それを見つけて、至急送ってほしい』、そう言って、住所を教えられたんですよ。さらに、『もし、私が留守だったら、私が働いている事務所のほうに、送るようにしてほしい』と、言ったんですよ。だから、私は、その二つを一生懸命探しました。そうしたら、中身はなかったんですが、『生命丸』の薬袋は見つかり、また、ポスターも、家の近くの骨董屋で、運よく見つかったので、それを小包にして、恵美に送ったんですけど、おかしなことも言ってました」

「どこが、おかしかったんです?」

「彼女、結婚したんでしょう。それなら、ご主人の姓、足立で、送った方がいいんじゃないかって言ったんですけど、佐々木の名前で、送ってくれと言って、きかないんですよ」

「そういえば、事務所でも、足立ではなく、旧姓の佐々木で、通してましたね」

と、橋本が、言った。

「それにしても、どうして、こんなものを、あなたに頼んだんでしょうかね？　なぜ、彼女は、自分で探そうとはしなかったんでしょうか？」

と、十津川が、彼女に、きいた。

「その辺のことは、私にもわかりません。恵美は、その二つを探しているんだと言うだけで、詳しいことは、何も言ってくれなかったんですよ」

と、憲子は、不満そうに、言った。

その後、橋本は、自分の疑問を、そのまま柴崎憲子に、ぶつけてみたが、彼女の返事は、要領を得ないものだった。死んだ佐々木恵美とは、高校で一緒だったということぐらいしか、本当らしい話は、何も、聞こえてこなかった。明らかに、何かを、隠しているのだ。

そこで、二人は、いったん、彼女に礼をいい、別れることにした。

その後、十津川は、橋本に、

「私は、高山の、警察署に行って、五年前の火事の件などを、聞いてみる。君は、燃えてしまった薬局について、上一之町の商店街で、聞き込みをやったらどうかね？　もしかしたら、何か、わかるかもしれないぞ」

と、言った。

3

二人はレンタカーに戻ると、今度は、十津川が運転して、初めに、橋本を上一之町の入り口で下ろし、自分は、そのまま高山警察署に向かった。

まず署長に、挨拶をしてから、五年前の火事について、話を聞きたいというと、署長は、その事件を担当した上村《かみむら》という警部を紹介してくれた。

署長がいなくなり、上村警部は、十津川と二人きりになると、

「署長は、私のことを、五年前の薬局の火事の件を、担当した刑事だと、紹介したでしょう?」

「その通りですが」

「正確にいうと、ちょっと、違うんですよ」

「違うというと、いったい、どう、違うんですか?」

「火事そのものは、消防の担当で、私が捜査していたのは、火事で焼けたあの薬

局の家族についてなんです。佐々木夫婦のことです」

と、上村が、言った。

「佐々木夫婦というのは、何か問題を起こしていたんですか？」

「実は、五年前、ガンにも効能があるという、漢方の特効薬、『生命丸』を、八尾にある、三浦製薬が製造して、それを、大々的に売り出したんですよ」

「それで、その漢方薬は、売れたんですか？　それとも、売れなかったんですか？」

「それがですね、不思議なことにと言ったらいいのか、ビックリするほど、よく売れたんですよ。今の日本には、末期ガンで、医者が治療方法がないといって、サジを投げてしまうような患者が、何千人、いや何万人もいるわけじゃありませんか？　そういう、医者にも見放されてしまったガンの患者が、免疫力を高め、寿命を延ばす効果がある漢方薬だと、いうことで、ひょっとすると、効くのではないか？　と思って、購入したんです。そのことが、口から口へと伝わっていくうちに、ガン治療の特効薬のように、喧伝《けんでん》されはじめましてね。みんなが、その噂を信じて、この薬を、買い始めたんです。初めの頃は、この漢方薬を作っていた三浦製薬が、通販だけで宣伝していたんですよ。それがかえって、秘密めいていて、効くのではないかと、思われたんでしょうね。そのあと、有名女優や、漢方薬の研究で有名な大学の教授を使ったポスターの宣伝もあって、飛ぶように、売れました」

「この高山にある漢方薬の薬局でも、このガンへの免疫力を高めるという漢方薬を、扱うようになったんですか？」

「高山市内には、全部で、五軒の、漢方薬を扱う薬局があります。そのうちの四店が、この時、『生命丸』という、その漢方薬を、扱っていました。ところが、佐々木薬局の主人は、ガンに効能がある漢方薬など、考えられない。今まで、昔からの信用のおける漢方薬を扱ってきたのに、儲かるからといって、効くかどうかわからない薬なんか、店に置けないといいましてね。それだけでなく、佐々木薬局は、高山でも老舗《しにせ》の漢方薬局なので、『生命丸』について、問い合わせもあったというんですが、そのときに、あんな薬は、何の役にも立たないと、注意したということです」

「それでは、他の四つの薬局は、困ってしまったんじゃありませんか？」

「確かに、いろいろあったようですが、一番腹を立てたのは、『生命丸』を作っている八尾の三浦製薬でしたね。三浦製薬では、高山市内だけで、売るわけではなく、日本中で売るつもりでしたからね。それが、足下の高山でつまずきそうになったんで、営業妨害だと、怒っていたのは、知っています」

「そんなごたごたがあっても、『生命丸』という漢方薬は、その後も、売れたんですね？」

「ええ、売れたんですよ」

「例の宣伝ポスターのせいですか？」

「それもあったと思いますが、この時の漢方ブームには、影のスポンサーがいたらしいんです。そのスポンサーが、大金を使って、口達者な人間を雇って、日本各地で、自分の知り合いに、末期ガンで苦しんでいる奴がいたのだが、『生命丸』のおかげで、助かった。腫瘍《しゅよう》が小さくなった、あるいは消えたと、声をあげさせたんではないかと思います。一人か二人の声なら、無視されたかも知れませんが、何百人という人間が、日本各地で、ウワサを流したんで、『生命丸』が、ひょっとすると、本当に、ガンに効能があるかと思って、買って、飲む人が出てきたんです」

「口コミの宣伝ですね」

「そうですが、口コミの敵は、やはり、口コミということになります」

「なるほど、佐々木薬局の夫婦の口が、三浦製薬にとっては、一番邪魔になってきたというわけですね？」

「それで、三浦製薬の方は、佐々木夫婦を営業妨害で、訴えようとしたり、脅したりしていましたが、そのうちに、佐々木夫婦の奥さんが、軽自動車の踏切事故で、亡くなりました」

「まさか、殺人ですか？」

と、十津川が、きいた。

「いや、自殺か、事故死のどちらかということで、調べました」

「どうして、他殺の疑いは、出なかったんですか？」

「はねた列車の運転士の証言です。その時、踏切の上に、奥さんが乗っていた軽自動車が、止まっていたそうで、他に、人の姿はなかったという証言です。軽自動車は、大破してしまい、結局、自殺、事故死のどちらなのか、判定できませんでした」

「そのあと、佐々木薬局が火事になり、夫の佐々木秀雄《ひでお》が、亡くなったんですね？」

「そうです。夜中の三時頃、火の手があがって、あっという間に全焼してしまった。そして、焼死体が発見され、それが佐々木秀雄と確認されました。佐々木には、恵美というひとり娘がいましたが、母親が踏切事故で亡くなったあと、名古屋のマンションに住んでいたため、難を逃れることができたんです」

「その時には、殺人の疑いが持たれたんじゃありませんか？」

「ええ、佐々木薬局と、三浦製薬との確執《かくしつ》は、噂になっていましたし、名古屋の大学生だった恵美という娘が、『父は殺された』と言い張るものですから、一応、その線を追ってみたんですが、利害関係で一番容疑者の可能性が高い、三浦製薬の社長や、市内の薬局経営者に、アリバイがありましてね。それに、ガスストーブからの出火の線が強いという鑑定結果も出ましてて、他殺の疑いは、消えてしまいました」

「その後、この漢方薬の話は、どうなったんですか？」

「この漢方薬は、儲かるというので、三浦製薬に、大金を出資する人も出てきましたが、なぜか、一年もたたないうちに、製造、販売を止めてしまいましたね。佐々木夫婦が、相ついで亡くなったので、縁起《えんぎ》が悪いからじゃないかと言う人もいますが、私は、そう思っていません」

「上村さんは、どう思っているんですか？」

「この漢方薬ブームの裏には、影のスポンサーがいると言ったでしょう。そんな人間がいるとは思えないと言う人もいますが、私は、いたと思っているんです。そのスポンサーが、ガンの免疫力を高めるという漢方薬を、三浦製薬に作らせて、売らせたと、思っているんです。同時に、そのスポンサーが、まだ売れている時に、止めさせたと思っているんです」

「どうしてですか？」

「それは、私にも、わかりません。わかっていれば、興味があるので、その人間に、会いにいっていますよ」

「製造、販売した三浦製薬の社長に会われましたか？」

十津川が、きくと、上村は、笑った。

「当時、私も関心がありましたので、両者の確執という噂を確かめるため、会いに行ったことがありました。しかし、社長に、『まったくそんなことはない』と、否定されてしまったんですよ。金儲けができるような、頭の良さなど、あるようには見えませんでしたね」

「しかし、影のスポンサーを知ってるんじゃありませんか？」

「知ってるでしょうね。しかし、いくら聞いても言いませんよ」

「どうしてですか？」

「多分、闇の勢力が、スポンサーで、もしその身元を明かせば、生命の危険が生じるでしょうから、怖いんでしょうね」

と、上村が、言った。

4

その頃、橋本は、上一之町の入り口近くにいた。

そこには、ポツンと四角い空き地があり、不動産会社の名前を書いた立て札があった。

橋本は、しばらく、上一之町の周辺を歩いてみた。佐々木恵美が少女時代を過ごした町の雰囲気を、感じたかったのだ。

歩き疲れた橋本は、ちょっと休もうと思って、目についた喫茶店に入った。

そこに、十津川から、電話が入った。

橋本が、今いる喫茶店の場所と名前を告げると、十津川も、すぐに来るという。

橋本と十津川は、コーヒーを注文してから、ママに、五年前の、火事について聞いてみた。

「あの火事は、消防署では、失火だといっていましたけど、私は、自分で火をつけて死んだんじゃないか、自殺じゃないかと、思っているんですよ。その前に、奥さんの由美《ゆみ》さんが、踏切事故で死んでいるし、一人娘さんは、名古屋の大学に行っていて、卒業したら帰ってくることは、わかっていたでしょうけど、やっぱり、あのご主人、一人で寂しかったんでしょうね。だから、自分で家に火をつけて自殺してしまったんですよ。私は、そんなふうに、考えています」

と、ママが、言った。

「その頃、三浦製薬という漢方薬を作っていた製薬会社が、越中八尾にあって、末期ガンに効くという噂の特効薬を、作っていた。その漢方薬のことで、いろいろ揉めていたと、聞いたんですが」

と、橋本が、きいた。

「まあ、たしかに、あの頃、いろいろあったみたいですけどね。『ガンの特効薬』というのは、購入者たちが、勝手に信じたことであって、それが口伝えに、ガン患者の間に広まったということでしょう。三浦製薬が、それを利用したのかもしれませんが。でも、末期ガンに効く特効薬を謳《うた》い文句にして、売り出そうとすることは、世の中にはたくさんあるけど、ほとんど効かないわけでしょう？　漢方薬のガン特効薬というのは珍しいけど、それが効かなくて、いろいろ揉めても、漢方薬を扱う薬局のご主人が、死ぬほどのことはないんじゃないですか？」

「佐々木夫妻というのは、どんな夫婦だったのですか？」

と、今度は、十津川が、きく。

「それはもう、とても、仲のいいご夫妻でしたよ。それに、先程言った通り、名古屋の大学に通っている娘さんもいましてね。その娘さんはとてもきれいで、佐々木夫妻の、自慢の娘さんだったんじゃありませんかね？　誰が見たって、幸せを絵に描いたような家庭だったと、思いますよ。それが五年前に、ガンの特効薬『生命丸』のことで揉め事になり、様子がおかしくなってしまったんです。可哀そうでしたね。あの薬を作ったのは、佐々木薬局ではなくて、三浦製薬なんですものね」

「三浦製薬は、今でも、あるわけでしょう？」

「ええ、今は、普通の漢方薬や、健康食品なんかを、作っていますけどね」

「その三浦製薬というのは、越中の八尾に、会社があるそうですね？」

「ええ、八尾の先が富山で、富山といえば、越中富山とか、富山の薬売りとかで、昔から、漢方薬の製造、販売で有名だったところでしょう。そんなところでは、ちょっと危なっかしい薬は作れないんで、三浦製薬の社長は、富山に近くて、富山とは違う場所でと、そう思ったんでしょうね。だから、越中八尾の町に、三浦製薬を、作ったんでしょうね。最初のうちは、漢方薬のブームがあって、普通の漢方薬でも売れていたんですよ。そのうちに、三浦社長が、がっぽり、儲けようと考えて、効くかどうかわからない、末期ガンの特効薬を作って、売り出したんですよ」

「しかし、売れたんでしょう？」

「ええ、売れたんですよ。それに、漢方薬ならば、ひょっとすると末期ガンに、効くかもしれないと考える人が多くなって、そして、効いたというウワサが立ったり、有名な女優さんが宣伝したり、漢方薬の研究で有名な、大学の先生も宣伝した。そんなことで、口コミというのですかね、一時、爆発的に、売れたんです」

「なるほど」

「しかし、その薬を飲んだ患者から、抗議の声が、上がったんですよ。高い薬なのに、全然効かないじゃないかという、抗議ですよ」

「しかし、ガンの特効薬というのは、今のところ、ほとんどが副作用もあり、一時的な効果しかないんじゃありませんか？」

と、橋本が、きく。

「そうなんですけど、なかには、別の意味で、抗議をした人もいたんです。抗議をした人というのが、実は、三浦製薬が出した『ウチは、漢方のガンへの免疫力を高める薬を、発明した。それが売れている。どうですか、うちに投資して、一緒に、薬の製造をやってみませんか?』という広告を見て、投資をした人だったんです。いわゆるファンドですよ。大金を投資したのに、配当が来ないという人が、たくさんいたみたいなんです。つまり、あの漢方薬さわぎには、薬が効く、効かないという問題の他に、投資家を集めた、一種の詐欺さわぎも、あったんですよ」

「その方は、どうなったんですか?」

十津川が、きいた。

「どうにもなりませんでしたよ。『生命丸』を製造、販売した三浦製薬は、大儲けをしたというウワサだったんですけど、実際には、ほとんど、儲かっていなかったみたいですよ」

「どうしてですか? 『生命丸』は売れていたんでしょう?」

「そうなんですけどねえ。ウワサでは、三浦製薬の背後《うしろ》には、怖いスポンサーみたいな人がいて、儲けのほとんどが、吸い取られたんじゃないかと、いわれているんですよ」

「ママさんは、どうして、そんなことまで、知ってるんですか？」

　橋本が、不思議に思って、きくと、ママが、急に、笑いだした。

「実は、ウチの主人が、老後のためにと貯めておいたお金を、五年前の漢方薬さわぎの時に、全部、つぎ込んで、パアにしちゃったんですよ。私は、口惜《くや》しいから、知り合いの私立探偵に頼んで、調べてもらったんですよ。それで、わかったのが、今、お話したことなんです。バカみたいなお話でしょう？」

「でも、この高山でも、漢方薬を扱っていた店は、みんな『生命丸』を店で、売っていたんでしょう？」

　と、橋本が、きいた。

「あの頃、『生命丸』を扱っていれば、年商が倍になると言われてましたからね」

「上一之町に、柴崎薬局という店がありますね。あの薬局でも、五年前には、『生命丸』を扱っていたんじゃありませんか？」

「ええ。もちろん、扱ってましたよ。漢方薬専門の店だけじゃなくて、普通の薬局も、儲かると言うので、店に置いていましたからね」

「では、高山では、全部の薬局が、『生命丸』を扱っていたんですか?」

「一店だけ、漢方薬専門の店で、『生命丸』を扱っていない店がありましたよ。上一之町の佐々木薬局です。あの店のご主人は、『生命丸』を置かないだけじゃなくて、こんな薬が、ガンに効能がある筈はないとか、騙《だま》されてはいけないとか言うので、他の薬局の人たちは、困っていましたよ。『生命丸』の売れ行きが、落ちるといって」

「なぜ、佐々木薬局だけが、『生命丸』を置かなかったんでしょうか?」

「さあ、なぜかしら? あの佐々木薬局は、この高山でも、漢方薬の店としては、いちばん古いんです。それに、あそこのご主人は、『漢方薬というのは、本来が地味なもので、すぐに、病気に効くというのではなくて、根本的に、体から治していく。そういうものなのだから、末期ガンに、効くなどといって、やたらに、宣伝するなどというのは、信用できない。漢方薬は、そういうものじゃない』と、盛んに言っていましたからね。だから、ほかの薬局が全て、『生命丸』を扱っていたのに、あの薬局だけは、扱おうとしなかったんじゃないですかね?」

「そのことを、口に出して言っていたんですか?」

と、十津川が、きいた。

「ええ、そうです」

「それでは、『生命丸』で金儲けをしようと考えていた人たちには、かなり、憎まれていたでしょうね？」

「そうなんですよ。恨まれていたみたいですね。だから、奥さんは、軽自動車ごと、列車にはねられて死んじゃうし、ご主人のほうは、火事で亡くなってしまうような不吉なことが、続いたので、私たちは、不審に思ったものですよ」

「あのご夫妻には、娘さんが、一人いたでしょう？　どうして、娘さんだけ、助かったんですか？」

と、橋本が、きいた。

「あの頃、『生命丸』のことで揉めていて、佐々木さんの両親は、一人娘のことが、心配になったんじゃありませんかね？　だから、それまでは、名古屋の大学に、自宅から通わせていたのに、高山本線のあの長い距離を、列車で通わせるのは、不用心だと思ったんじゃないかしら。奥さんが、踏切事故で、亡くなってから、名古屋市内のマンションに住まわせることに、したらしいのですよ。それで、あの娘さんは火事にあわず、助かったんですよ」

と、ママが、言った。

「一人娘の恵美さんは、両親が、相次いで亡くなってから、どうしたんでしょう？」

「お葬式を、上げてから、急に、姿が見えなくなりましたね。ご両親は二人とも亡くなったし、家も焼けてしまって、たぶん、この高山に戻る意味が、なくなったと思ったんじゃないかしら？　名古屋に出て行ったという人もいたし、東京に行ったという人も、いましたよ。それが今度、東京で、亡くなったと聞いて、ビックリしているんですよ」

「佐々木恵美さんについて、他に、何か聞いたことはありませんか？　例えば、問題が起きた頃は二十代でしょう？　誰か好きな人がいたとか、結婚する予定の人がいたとか、そういうことは、聞いていませんか？」

と、橋本が、きいた。彼が、知りたいことだった。

「そうですねえ」

と、ママは、しばらく考えていたが、

「これは、本当の話かどうかはわからないんですけど、その頃、チラッと、ウワサで聞いたことがあるんです。そんな話でも、構いませんか？」

「ええ、もちろん構いませんよ。ぜひ話してください」

「娘さんは、たしか、名前は恵美さんでしたよね？　一人娘で、みんなが美人だといっていたんですよ。その娘さんが、毎日、高山から名古屋まで、高山本線で大学に通っていた。『特急ワイドビューひだ』を使ったとしても、片道二時間半は、かかるんです。毎日通っているうちに、列車の中で、親しくなった男の人が、いたとかいないとか。そんな話を、聞いたことがありますけど」

と、ママが、言う。

「車内の恋ですか？」

「ウワサですよ、ウワサ。ひょっとすると、JRが、宣伝のために、そんな話を、作ったのかもしれません。高山に、観光客を、呼ぼうと思ってね」

と、ママが、言った。

これで、十津川は、佐々木恵美の写真を見せた時、町の人たちが拒否反応を見せた理由が、わかった気がした。五年前の、あの騒動で、町の住民同士が反目し、死者まで出してしまったために、関わりたくないという気持ちが、今でも、残っているのだろうと、十津川は、思った。

5

「これから問題の漢方薬を作っていた三浦製薬の工場に行ってみようと思うんだが、一緒に行くか？」

と、十津川が、きく。

「ええ、もちろん、行きますよ。私も、そこに行ってみようと、思っていたところです」

と、橋本が、応じた。

レンタカーは、営業所に返して、二人は、高山本線で越中八尾に、向かうことにした。

高山本線の特急で、十本の中、五本は、高山止まりだが、あとの五本は、富山行きである。

特急でも、高山から越中八尾まで、一時間三十分近くかかる。

越中八尾は、「風の盆」で有名だが、今日はまだ八月である。九月一日から、三日間にわたって踊りまくるという「風の盆」には、まだ、間があった。

越中八尾駅で列車を降りると、二人は、駅前の派出所に行き、五年前、ここに、三浦製薬という漢方薬の工場があった筈だというと、派出所の巡査は、

「三浦製薬でしたら、今も、川のそばにありますよ」

と、教えてくれた。

「五年前には、末期ガンに、効くという『生命丸』という漢方薬を、作っていたそうですが、今は、何を、作っているんですか？」

と、十津川が、きいた。

「今は、普通の漢方薬と、健康食品が流行《はや》っていますからね。三浦製薬でも、老化を防ぐという『元気丸』という健康食品を作っていますよ」

と、巡査が、笑顔で、言った。

「それは漢方薬ですか？」

「健康にいいという丸薬で、漢方薬の成分も含んでいるというのがウリだそうで

す」

「それ、売れていますか？」

「さあ、詳しいことは、わかりませんが、まあ、そこそこ、売れているんじゃありませんかね？　今は、何といっても健康食品のブームですからね」

と、言って、巡査が、笑った。

「この辺に、三浦製薬についていろいろと知っている人がいたら、紹介していただけませんか？」

と、十津川が、言った。

巡査が、紹介してくれたのは、この八尾の町で、いちばん古いという日本旅館だった。江戸時代から続く老舗《しにせ》だという。

「たしか、そこの女将さんが、現在、三浦製薬が作っている健康食品、『元気丸』を定期的に購入して、飲んでいるはずですよ」

と、巡査が、言う。

二人は、まず、川沿いにある日本旅館「越中館」に向かった。

捜査が長引けば、どうせ、今日は、この越中八尾に泊まることになるだろう。

そう考え、この旅館にチェック・インして、女将から話を聞こうと、思った。

まず二人で、今晩泊まる手続きをしてから、館内のお茶処に、女将に、来てもらい、三浦製薬について、話を聞いた。

「三浦製薬というのは、いつ頃から、この八尾で、漢方薬を作り始めたんですか？」

十津川が、きいた。

「そうですね、私が知っている限りでは、たしか六年前ですよ。突然、ここに漢方薬の工場と、会社を作って、細々と、胃腸薬や健康食品を、作って売っていたんです。それが、五年前から、漢方薬『生命丸』を生産し、大宣伝を始めたんです」

女将が、言う。

「どうして、ここに、工場を作ったんですか？　われわれが、普通に考えると、この先に富山が、ありますよね？　富山といえば、越中富山の薬売りで全国的に有名で、漢方薬といえば、富山だろうと、思うのですが、どうして、富山ではなくて、越中八尾に、漢方薬の工場を、作ったんでしょうか？」

「その時、三浦製薬の社長さんに、話を聞いたのですが、たしかに、富山は、漢方薬の本場だけれども、それだけに、いろいろと、新入りに対して厳しい。それで、富山ではなくて、ここに、工場を作ることにしたと、言っていましたよ」

「それが、六年前だとすると、一年後に、三浦製薬は、ガンにも効能があるという特効薬を作って、売り出したんですよね？　その辺のことを、いろいろと、ご存じでしたら、話してもらえませんか？」

と、十津川が、言った。

女将は、すぐには、答えず、黙って、十津川と橋本の顔を、見比べるようにした。

第四章　ミス・高山本線

1

「三浦製薬は、悪いことなんて、何もしていませんよ」

十津川が、改めて、警視庁の刑事だと名乗ると、女将は、強い口調で、弁護した。

「しかし、社長の三浦さんは、詐欺罪で訴えられていますよね？　集めた資金を返さなかったり、『生命丸』という漢方薬が、本当に末期ガンに、効いたという証《あかし》も、ないようですから」

と、十津川が、言った。

「でも、ガンの特効薬が、本当は効かなかったなんていう例は、この世の中には、いくらだってあるじゃないですか？　特に、西洋医学の薬なんか、どれもこれもみんな同じでしょう？　中には、その薬を、飲んだせいで、ガンの進行が、早まってしまったなんていう、そんな話だって、聞いていますよ。その点、漢方薬は、西洋の薬に比べて、罪が軽いと思います。ガンには、効かなくても、体質は丈夫にしているんですから。それに、あの社長さんは、五年前までは、まっとうな商売をしていたんですよ。それが、突然、東京の資産家から、何億もの資金と特効薬の製造方法を、提供されたそうです。これで大儲けできると、唆《そそのか》されて、その話に乗ってしまったんじゃないかしら」

「なるほどね。そういう見方も、あるわけですか」

と、言って、十津川が、笑った。

橋本が、

「社長の三浦さんというのは、どういう人ですか？」

「何でも、昔から、漢方薬に興味があって、中国の大学に留学して、漢方薬の、勉強をしてきたんだそうですよ。中国では、向こうの博士号を、取ったんですって。でも、日本では、それが、なかなか理解してもらえなくて、五年前の時にも、いろいろなことを言われて、かなり大変だったみたいですよ。本当は、実直で、他人を騙《だま》すような人ではありませんよ。どちらかというと、漢方の研究者で、学者肌の人だから、会社の経営には、苦労していたみたいです」

「今は、健康食品というか、健康にいい食品を作っているそうですね？　たしか、『元気丸』とかの名前の」

「ええ。『元気丸』なら、私も、毎日飲んでいますよ」

と、女将が、言った。

「効きますか？」

「ほかの人は、どうかわかりませんけど、私に限っていえば、よく効いていますね。私は、六十歳を、過ぎているんですけど、ご覧のように血色もいいし、丈夫だし、周りの人には、五十代に見えるよって、よく言われるんですよ。あの会社が作っている『元気丸』の、おかげですよ。ですから、ここにお泊りに来たお客さんにも、勧めているんです」

「でも、わからないことが、あるんで、お聞きしますが、五年前に、三浦製薬が、ガンの特効薬を作って販売しましたよね？　その時、人をたくさん雇って、口コミで、宣伝したり、有名な女優やタレントを使って、テレビで大々的に、宣伝したり、ガン治療の権威だといわれるS大の大久保という教授にも、コマーシャルに、出てもらっています。この宣伝には、大変なお金が、かかったと思うのですが、三浦さんは、そんなに、お金持ちだったんですか？」

と、十津川が、きいた。

「そんなことはありませんよ。三浦さんという人は、若い時から、何か、世間を驚かせるような事業を、やりたいと思っていながら、いつも失敗していて、六年前に、三浦製薬を立ち上げた時には、たしか、億単位の、借金があったと、聞いてますけど」

「それでは、誰かが、お金を、出したということになりますね？　彼自身も、共同出資者を、募集していますね？　それが、詐欺容疑に発展したみたいですが、いったい、誰が本当のスポンサーなんですか？　女将さんもその一人ですか？」

十津川が、きくと、女将は、小さく笑った。

「私は違いますよ。誰かは、わかりませんけどね、三浦さんが、漢方薬で、何とか末期ガンを、治したいと思っていたとき、その考えに賛同した人が、スポンサーに、なったんじゃありませんか？」

「スポンサーがいたことは、間違いないんですね？」

「それはそうですよ。ちゃんとしたスポンサーがいなければ、借金のある三浦さんが、漢方薬の製薬工場を、立ち上げることなんて、できませんものね。でも、あの『生命丸』の大ブームでも、ほとんど儲からなかったようですよ。東京のスポンサーの人たちに、あらかた、儲けを持っていかれたという話です。そういう意味では、むしろ、被害者だと思いますよ」

「誰か、そのスポンサーについて、知っている人は、いませんか？」

「私は、何も知りませんよ」

急に女将は、引いた表情になった。

「三浦さんという人は、現在、いくつなんですか？」

橋本が、話題を変えた。

「たしか、去年、還暦だったと、思いますよ。三浦さんに、去年、還暦の、お祝いを差し上げましたから。今年六十一歳になったはず」

「それなら、当然、奥さんとか、子どもさんも、いるんじゃありませんか？」

「それが、いないんですよ」

「ということは、独身ですか？」

「そうなんでしょうね。もちろん、付き合っている女の人はいるでしょうけど、子どもがいるという話も、聞いたことがありませんから、結婚はしていないと思いますよ」

「現在、三浦製薬には、どのくらいの社員がいるんですか？」

十津川が、きいた。

「三浦さんが社長さんで、副社長さんがいて、その下で働いている社員さんが、そうですね、二、三十人くらいかしら？　ですから、そう大会社じゃありませんよ。小さな会社ですよ」

と、女将が、言った。

「さっき、玄関口に、三浦製薬の漢方薬の、ポスターが貼ってあったんですが」

と、橋本が、言う。

有名な女優の、写真がついた、なかなか洒落《しゃれ》たポスターである。

「五年前に、ガンの特効薬を作った時も、三浦製薬は、派手に、宣伝をしたと聞いているんですが、その時のポスターが、ここに、残っていませんか？」

と、橋本が、言った。

橋本は、柴崎憲子が、佐々木恵美に送ってきた、問題のポスターを見ていたが、事務所に置いてきてしまったので、十津川に見せることができなかった。それで、女将に頼んだのだ。

「さあ、あったかしら？　何しろ、もう、五年も前の話ですからね。探してみて、もしあったら、お部屋のほうに、お持ちしますよ」

女将が、言ってくれた。

2

夕食までには、まだ、時間があったので、二人は、川沿いにあるという、三浦製薬の工場を見に出かけた。

川に沿って、土手の上を歩いていく。しばらくして、川の反対側に、工場が見えてきた。

事務所のビルが、付随していて、そこには、大きな看板が、かかっていた。三浦製薬という看板と、「健康の元は、漢方薬の入った『元気丸』で」という看板である。

もちろん、五年前の、末期ガンによく効くという漢方薬の看板は、今は、全く見当たらなかった。

二人は、三浦製薬の近くにある喫茶店に入って言った。三十歳前後と思われる若い女性が、やっている店だった。

壁には、三浦製薬の「元気丸」の宣伝ポスターが張ってある。

「このポスターの三浦製薬は、すぐそこにありますね？」

橋本が、声をかけると、カウンターの向こうで、コーヒーを淹《い》れながら、

「ええ、そうですよ。あそこの社長さんも、よくうちに、コーヒーを、飲みに来てくださいますよ」

と、若いママが、言った。

社長のほかに、社員も、ここに、コーヒーを飲みに来たり、軽食を、食べに来

たりするという。

「五年前に、三浦製薬が出した、末期ガンの特効薬のことで、いろいろあったと聞いたんですが、その頃も、三浦社長のことをご存じでしたか？」

十津川が、きいた。

「一応、知ってはいましたが、別に親しく付き合っていたわけじゃありません。漢方薬にも、興味があるわけでもなかったから」

と、若いママが、言う。

その表情を見ると、ウソではないらしい。

五年前の漢方薬さわぎに、関心のない人もいたのだ。

コーヒーを飲み終わり、二人が店を出ところで、

「どうだね、これから、三浦社長に会いに行ってみようじゃないか？」

と、十津川が、言った。

「私が、いろいろと、質問をするから、君は黙って、三浦社長を、よく観察してくれ。そうだな、君は、私の部下の刑事ということにしておこう」

工場に付随した形で、五階建ての、ビルがあり、そのビルの中に、三浦製薬の

事務所と、社長室があった。

窓から川の見える社長室で、十津川は、警察手帳を見せて、三浦に、話を、聞くことにした。

三浦社長は、今年六十一歳だというが、若々しく血色もよかったし、言葉にも力があった。

その三浦は、警察手帳を見て、

「五年前のことは、もう全て解決しているはずですよ」

と、言った。

「しかし、東京では、殺人事件が起きているんです。その事件を、調べていくと、どうしても、五年前のこちらの事件と、関係があるのではないかという疑いが、出てきましてね。それで、伺ったのです」

と、十津川が、言った。

「高山の上一之町に、佐々木薬局という漢方薬を扱う、薬局があったことは、もちろん、ご存じでしょうね？」

「いや、知りませんよ。販売のほうは、販売担当の、人間に任せていましたから」

と、三浦が、言う。

十津川は、その答えには構わず、話を続けて、

「その薬局の一人娘、佐々木恵美さんというのですが、この女性が、最近になって、東京で、殺されましてね」

「私には、関係ありませんね」

「彼女は、例の漢方薬の、ポスターを、探していたんですよ。それから、五年前頃、御社が作った漢方薬『生命丸』の袋も探していました。その途中で、殺されたんです」

「困りますね。今も申し上げたように、販売も、薬局に薬を卸すのも、全て、販売担当の人間が、やっていたんだ。私は、何も知らんのですよ」

三浦が、繰り返す。

「もう一つお聞きしますが、あなたが、ここに、工場を建てたのは、今から六年前ですよね？　その一年後に、ガンへの免疫力を高める、『生命丸』という特効薬を作って、大宣伝をして、売り出した。その時に、誰か、大物のスポンサーが

いたはずだという人が、多いんですが、そういうスポンサーがいたんですか？」

「特定のスポンサーなんか、いませんよ。私にも、それなりに、多少の資金がありましたからね。足りない分は、出資者を募集したんです。大口のスポンサーがいたら、出資者を、募集したりなんかしていませんよ」

少しばかり、ムキになった感じで、三浦が否定する。

「あなたが売り出した特効薬『生命丸』は、大評判になったが、効果が出なかった人たちから、詐欺商法だと、訴えられたんじゃありませんか？」

「訴えられたことは事実ですが、あれは、いってみれば、考え方の違いなんです。私は、百パーセント、全ての人に効くとは、言っていませんよ。多くの人に、思わぬ効き目が現れ、喜んでいただいているだけです。ですから、私は、詐欺行為をしたつもりは、全くありませんでしたよ」

と、三浦は、主張した。

「それで、末期ガンに効くという噂がある漢方の特効薬を販売して、三浦さんは、大儲けしたらしいと、噂されていますが？」

「ほとんど、儲かっていませんよ。もともと儲けは度外視して、何とか、末期ガンの人を助けたい一心でしたからね」

と、しれっとした顔で言う。

「あなたの作った『生命丸』を、扱った薬局の経営者たちの話では、大変な売れ行きで、購買者が殺到したと言っていますよ。それなのに、突然、一年も経たないうちに、製造も販売も中止になった。なぜ急に、作らなくなったんですか？」

「詐欺だとか、インチキだとか、言いだす人が出てきたからですよ。そんなことを言われてまで、人助けをする必要もない。結局は、大損したというわけです」

「しかし、この工場は、潰《つぶ》れませんでしたね？」

「まあ、たしかに大変でしたが、一生懸命になって、立て直したんです。最初は普通の漢方薬を作り、健康ブームで、そっちの製品を作って、少しは儲けましたから」

三浦が、言った。

「ところで、三浦さんは、土井洋介という人は、ご存じですか？　東京に住む、資産家です。土井建設の、社長でもありますが」

「まさか、その人まで、死んだなんていうんじゃないでしょうね？」

「実は、この土井洋介さんも、東京で、殺されたんですよ。もし、お知り合いだったら、土井さんの話も、お聞きしようかと、思ったんですが」

「全く知りませんね。第一、私は、東京にはめったに、行きませんから」

と、三浦が、言った。

三浦は、その後も、こちらの質問に対して、「私には関係がない」「知らない」を、繰り返した。

「五年前の漢方薬の件で、何か思い出したことがあったら、ぜひ、お電話をください。私たちは、しばらく、こちらの、旅館に泊まっていますから」

十津川たちは、旅館の名前を相手に伝えて、帰ることにした。

3

二人は、旅館に戻った。

すぐ夕食である。夕食は、部屋に運んでくれることになっていた。

食事の支度《したく》をする仲居さんに向かって、十津川は、

「女将さんは？」

「今、電話に、出ていらっしゃいます。終わったら、お呼びしましょうか？」

「いや、わざわざ、呼んでくれなくてもいいよ」

と言ってから、十津川は、小声で、橋本に向かって、

「たぶん、電話の相手は、あの、三浦社長だ」

その声が、耳に入ったのか、仲居は、ご飯を、よそいながら、

「三浦製薬に、行かれたんですか？」

「ああ、行ってきましたよ。あそこの社長さんと、こちらの女将さんは、かなり親しいみたいだね？」

「ええ、ウチの女将さん、あそこの社長さんと親しくしていますよ。漢方薬が、好きですから」

「じゃあ、あの三浦製薬に、ここの女将さんが、お金を出しているのかな？」

「いえ、それはないと、思います」

と、仲居が、言う。

「どうして？」

橋本が、きく。

仲居は、笑いながら、

「だって、女将さんは、いつも、お金がない、お金がないと、そればかり、言っていますもの。たとえなりたくても、三浦製薬のスポンサーには、なれないと思いますよ」

「それじゃあ、自分が、お金を出すことはできなくても、出資者を、紹介することならできるでしょう？」

「たしかに、そうかも、しれませんねえ。女将さんは、何しろ、世話好きな人ですから」

と、仲居が、言った。

「それで、あの、三浦社長という人は、この八尾の町では、歓迎されている人なの？　それとも、煙たがられている人なの？」

橋本が、きく。

「歓迎されていますよ」

と、仲居が、言った。

「どうして？」

「だって、町のお祭りの時など、あの社長さんは、たくさん寄付しますから」

と言って、仲居が、また笑った。

4

二人が食事を終わり、お茶を飲んでいるところに、女将が、顔を出した。

「三浦製薬に、行ってらっしゃったんですって？」

「三浦社長から電話がありましたか？」

十津川が、単刀直入にきくと、
女将は、あっさりと、うなずいて、

「社長さんは、心配しているんですよ、また五年前のように、自分が疑われて、訴えられるんじゃないかと、思って。五年前には、全てにわたって、証拠不十分で、あの社長は、何の罪にもならなかったんですよ。それより、漢方薬の話より、もっと、楽しいお話をしませんか？」

と、女将が、笑顔で、言う。

「どんなことですか？」

と、十津川。

「刑事さんは、高山の上一之町に店があった佐々木薬局に、興味を持っていらっしゃるんでしょう？」

「正確にいえば、佐々木薬局の一人娘の佐々木恵美さんに、興味があるんですよ。東京で、自殺に見せかけて殺されましたが、私たちは、その事件を追っているんです。一番知りたいのは、彼女の高山時代のこと。それが彼女が殺されたことと、どうつながっているかということです」

「彼女が、高山の自宅から、『特急ひだ』を使って、名古屋の大学に通っていたことは、知ってますよ。私の兄が、上一之町で、小さな旅館をやっていて、五年前、私も病弱な母を見舞うため、たびたび、実家に顔を出していたんですから」

「その頃の恵美さんは、若くて、きれいだったんでしょうね？」

と、橋本が、きく。

「評判でしたよ。高山一の美人大学生が、毎日、同じ時間、同じ車両で、名古屋へ通っていたんですから。確か、ＪＲが、高山本線の広告に、彼女を使ったポスターを作りましたよ。私も、一枚、持っていたんですけど、失くしてしまって」

と、橋本が、言った。

「それなら、高山駅に行って、そのポスターがあるかどうか、聞いてみますよ」

と、十津川が、きく。

「他に何か、女将さんが、覚えていることは、ありませんか？」

「そうですねえ」

と、女将は、ちょっと考えてから、

「これは、あくまでも、ウワサですよ。ウワサですけど、高山本線の『特急ワイドビューひだ』の車内で、小さなロマンスが生まれたというウワサを、耳にしたことがあるんですよ」

「そのヒロインが、佐々木恵美さんですか？」

と、橋本が、きく。

「そこまでは、わかりませんよ。あくまで、ウワサですから」

「そのウワサについても、調べてみようじゃないか」

と、これは、十津川が、橋本に、言った。

5

翌日、十津川と橋本は、高山駅に戻り、駅長に会った。

「高山本線では、毎年、宣伝ポスターを作っておられると、聞いたんですが」

十津川が、言うと、駅長は、ニッコリして、

「少しでも、乗客の数を、増やそうと思いましてね。毎年、宣伝ポスターを作って、車内や駅舎に、張り出しています」

「どんな人を、モデルに、使っているんですか?」

「最初は、有名な女優さんや、名前の知られたタレントさんなどを、使うことにしていたのですが、そのうちに考えが、変わりましてね。たしかに、きれいな女優さんも、いいんだけど、実際に、その人は、この高山本線を、使ってはいません。そこで、実際に、高山本線をよく使っていて、沿線に住んでいる人を、モデルに起用することにしたんです」

そう言いながら、駅長は、毎年作っている宣伝ポスターを、見せてくれた。

その中の、六年前のポスターは、若い女性が、モデルで、「私はいつも、高山本線を使って、大学に通っています」となっていた。

「これ、彼女ですよ。佐々木恵美ですよ。間違いありません」

ポスターの写真を、指差しながら、橋本が、大きな声を、出した。

たしかに、そこに写っているのは、六年前の、若い佐々木恵美だった。

「ご存じの女性ですか？」

と、駅長が、きく。

「この女性は、この高山市内で、佐々木薬局という、漢方薬専門の薬局をやっていた佐々木夫妻の一人娘で、佐々木恵美さんじゃありませんか？」

橋本の声は、やたらに弾《はず》んでいる。

「そうです。佐々木恵美さんですよ。この頃、恵美さんは、名古屋の大学に通っていましてね。この高山から毎日、通学されていたんです。清潔な感じの美人で、それに、毎日、高山本線を、使っているとなると、高山本線の宣伝ポスターのモデルには、うってつけだということになって、口説《くど》き落として、この宣伝ポスターに出ることを、了承して頂きました」

「人気がありましたか？」

　十津川が、きいた。

「人気が出るだろうなという予感はありましたが、こちらの予想を上回る大変な人気で、彼女宛てに、何通もの、ファンレターが、駅に届いたりしたんですよ。そこで、人気があったので、翌年も、ぜひ出てもらおうと思っていたら、恵美さんのお母さんが、踏切事故で亡くなったあと、恵美さんは名古屋で、マンション暮しをすることになり、『特急ワイドビューひだ』を使って通学することも、なくなってしまったわけですから、モデルには、なっていただけませんでした」

　と、駅長が、言う。

「このポスターは六年前ですが、彼女は、その前から、この高山本線を使って、名古屋の大学に、通っていたんじゃありませんか？」

「そうなんですよ。毎日同じ時刻に『特急ワイドビューひだ』に乗って、名古屋の大学に通い、帰りも、この高山本線を、利用していましたから、おっしゃるように、前から、一部の人たちの間では、有名だったんです。高山本線のマドンナといわれたり、ミス高山本線といわれたりしていたそうですが、そのことは駅員たちがよく知っていて、駅員の中には、彼女に、憧《あこが》れていた者もいたようです」

「高山本線のマドンナですか」

橋本が、つぶやいた。

十津川は、ちらりと、橋本に、目をやった。

明らかに、橋本は、恵美のことが、好きだったのだ。だから、ここに来て、彼女のことを、聞くと、悲しくもあり、また、嬉しくもあるのだろう。

「彼女ですけど、月刊誌に載ったこともあるんですよ」

と、言って、駅長は、わざわざ、その月刊誌を探して、持ってきてくれた。

六年前の、秋の号である。そこに載っていたのは「地方鉄道の美女たち」というタイトルの、連載記事だった。

その中の十月号に、佐々木恵美が載っているのだった。本名で出ているし、両親は、高山市上一之町で漢方薬の薬局を、経営していると紹介されていた。

「この月刊誌が出た時、観光客が、上一之町にある、彼女の実家の薬局に、押しかけたそうですよ」

駅長が、そんなエピソードまで、話をしてくれた。

「ひょっとすると、鉄道ファンの中には、彼女を狙って、高山本線に乗り、シャッターを押した人も、いたんじゃありませんか？」

橋本が、きくと、駅長は、またニッコリした。

「そうなんですよ。やたらに、彼女のことが好きだというファンが、いましてね。この駅で、彼女が、朝やって来るのを、待ち伏せて、写真を撮る人がいたり、また車内にも、彼女を狙うファンがいましてね。あまりのことに、彼女が、困ってしまったんで、私のほうから、勝手に写真を、撮らないようにと、お願いしたこともありますよ」

と、駅長は、言う。

「ぜひ、彼女が写っているこのポスターが欲しいんですが」

と、橋本が、言った。

「これは昔のもので、この一枚しかありません。今コピーして、差し上げましょう」

と、駅長が言ってくれた。

五、六分して、コピーして丸めたものを、駅長が、橋本に渡してくれた。
「もうひとつ、お聞きしたい」

と、十津川は、言った。

「同じ頃だと思うんですが、高山本線の車内で、小さなロマンスが、生まれていたというウワサを聞いたんです。女性の方は、たぶん、佐々木恵美さんだと思いますが、この話、ただのウワサなのか、本当のことなのか、もし本当だったら、男の方は、何処の誰か、知りたいんですが」

「そうですか」

と、駅長は、小さく肯《うなず》いたが、なぜか、そのまま、黙ってしまった。

「まずい話なんですか？」

「いや、そんなことは、ありません」

「じゃあ、話してください」

と、橋本が、言った。

「同じ上一之町の柴崎薬局には、行かれたんですか？」

「行って、恵美さんと、高校時代の同窓だったという娘さんに、会って来ましたよ」

「柴崎薬局には、あの娘さんと、二歳年上のお兄さんがいたんです。名前は、史《し》郎《ろう》さんです」

「その史郎さんが、車内恋愛の相手ですか？」

「史郎さんも、名古屋の別の大学に入っていましてね。最初はマンションに入っていたんですが、恵美さんが、名古屋まで、通学していると聞いて、彼も、マンションを出て、名古屋まで、通い出したんです」

「その気持ち、わかりますね」

と、橋本が、言った。

「しかし、我々が、柴崎薬局を訪ねた時は、娘さんしか、いませんでしたが」

「そうでしょうね」

駅長は、また、黙ってしまった。十津川は、そんな駅長に向かって、

「死んだんですね。それも、五年前に」

「どうして、死んだんですか？」

橋本が、十津川の言葉を追いかけるように、きいた。

「自殺したんですよ。理由は、知りません」

と、駅長は、言い、今度こそ、本当に、黙ってしまった。

駅長室を出ると、橋本が、

「これから、特急に乗って、名古屋まで行ってきます。もちろん、また、ここに帰ってきますよ」

「私は、もう一日、この高山を、調べてみようと思っている。何か、事件の原因になるようなことが、この高山市内には、あるような気がするんだ」

と、十津川が、言った。

橋本は、ちょうど来た上りの「特急ワイドビューひだ」に乗って、名古屋に、向かった。

多分、死んだ佐々木恵美と同じように、名古屋まで、特急に乗ってみたいのだろう。

十津川は、駅を出ると、昨日話を聞いた、上一之町の喫茶店に、もう一度、行ってみることにした。

モーニングサービスを頼む。

ママは、十津川のことを覚えていて、

「何かわかりました？」

と、きく。

「まだ、これはということは、わかりません」

十津川は、運ばれてきたトースト、目玉焼き、そして、コーヒーを口に運びながら、携帯電話で、東京にいる亀井に、連絡を取った。

「御園生加奈子は、捕まえたか？　何か、話が聞けたか？」

「それがですね、親友だという田中久美と一緒だということは、わかったんですが、その後、二人で、夏休みが、終わるまで、気ままな旅をしたいといって、どこかに、行ってしまいました。そのあとの消息《しょうそく》が、全くつかめなくなりました」

と、亀井が、言った。

「ひょっとすると、二人は、こちらの高山に、向かっているかもしれないな」

と、十津川が、言った。

「警部は、どうして、そう、思われるんですか？」

「理屈じゃないんだが、高山にいると、今回の事件の原因は、この高山に、あるような、そんな気がしてくるんだ」

　と、言った後、十津川は、

「日下刑事に、土井洋介のことを調べるように、言っておいたんだが、西本刑事も手伝うように、君から伝えてくれ。土井洋介も、高山本線や、この高山に、何らかの、関係があるかもしれないからな」

　電話を切ると、十津川は、店のママに向かって、

「昨日は、あれから、越中八尾に行ってきましたよ」

「じゃあ、向こうで、三浦製薬の工場をご覧になったんですか？」

　ママが、きく。

「ええ、行きましたよ。三浦社長にも、会いました」

「三浦社長さん、お元気でしたか？」

「ええ、元気でしたが、心配ですか？」

「だって、五年前には、大変だったんですもの。三浦製薬が作った、末期ガンに効く漢方薬が売れに売れて、ホクホクしていたと思ったら、高山の佐々木薬局のご主人から、あんな薬は全く効かないといわれたり、三浦製薬は、詐欺商法をし

ていると言って、東京の弁護士が、訴えてきたりと、いろいろとありましたもの」

「しかし、結局、三浦社長は、証拠不十分で、うまく、逃げてしまったんでしょう？」

「そういう人もいますけど、三浦社長には、悪いところは、何もないという人もいます」

ママが、言った。

十津川は、喫茶店を、出ると、さんまちの景色を楽しみながら、ゆっくりと、川に向かって、歩いていった。

まだ夏の盛りで、秋の気配はないが、それでも今日は、比較的、涼しいほうである。

川に出た。朱塗りの中橋がある。高山を紹介する時に、よく写真に出てくる朱塗りの橋である。

人力車が、十津川の横を、走りぬけていった。

高山という町は、京都に似せて、市内が碁盤の目のようになっている。それだけに、古い建物がよく似合う。

中橋の中程まで歩いて来た時、十津川の携帯電話が、鳴った。

耳に当てると、男の声で、

「十津川さんですか？」

「そうですが」

「私、高山駅の駅長です」

と、相手が、言う。

あの駅長には、何か思い出したことがあったら、連絡してくれと、携帯電話の番号を教えておいたのだ。

「何かありましたか？」

「高山本線の下呂温泉近くを、走っていた特急の車内で、橋本さんが、何者かに、殴られました。車掌が、橋本さんを下呂駅で下ろして、救急車で、下呂温泉の中にあるN病院に運んだそうです」

「それで、どんな、具合なんですか？　傷の程度は？」

「命に、別条はないようですが、どうやら、かなり、強く殴られたみたいです」

と、駅長が、言った。

「下呂温泉のN病院ですね？」

「ええ、そうです」

見舞いに行く必要が、ありそうだ。

6

十津川は、急いで高山駅に戻り、「特急ワイドビューひだ」で、下呂温泉に、行くことにした。

上りの列車が、来るまでの間、十津川は、駅長に、もう一度、事件について、聞いてみた。

「何でも、列車が、下呂駅に、着く寸前だったそうです。デッキに出ようとしたところを、背後から、スパナのようなもので、殴られて、橋本さんは、気を失って、倒れてしまったようです。それを車掌が発見して、下呂で下ろし、救急車を呼んだと言っています。ですから、橋本さんは、犯人の顔を、全く、見ていないようです」

「下りの列車ですね？」

「そうです。橋本さんは、名古屋まで行き、名古屋から下りの『特急ワイドビューひだ三号』で、高山に戻る途中、車内で、殴られたんです」

駅長が、そこまで言った時、上りの「特急ワイドビューひだ」が、入ってきたので、十津川は、その列車に、飛び乗った。

下呂駅で、降りる。

ホームには、お湯が、コンコンと沸き出していて「天下の三名泉　下呂温泉」の看板がある。

十津川は、改札口を出ると、タクシーを拾い、高山駅長から聞いていたN病院の名前を言った。

川を渡って、しばらく温泉街を、走ったところに、三階建ての、病院があった。

受付で、橋本豊の名前をいうと、現在、手当てが終わって、病室で、休んでいるという。

十津川は、三階の病室に上がって行った。

二人部屋だが、片方のベッドは空いていて、橋本は、一人で、ベッドに横になっていた。

頭には、包帯が、グルグルと巻かれていたが、意外と元気だった。

「大丈夫か？　傷は痛むのか？」

十津川が、声をかけると、

「鎮痛剤を打たれているんで、そんなに痛くはありません。骨には、異常がないそうなので、明日いっぱい休めば、退院できると思います」

「下呂駅の近くで、殴られたそうだね？」

「列車が、下呂駅に着く少し前です。いきなり、背後から、殴られました」

「犯人は、君を知っていて、それで殴ったんだろうね？」

「そうでしょうね。ほかには、考えようが、ありません。殴られて、一瞬、気を、失っていましたが、財布も盗られていませんし、腕時計も無事でしたから、少なくとも、物盗《ものと》りの犯行では、ありません。多分、名古屋からずっと、つけてきたんだと、思います」

「たしか、君は、高山から、上りの『特急ワイドビューひだ』に乗って、名古屋に行ったんだったな？」

「そうです。亡くなった恵美さんが、毎日、高山本線を使って、名古屋の大学に通っていたというので、私も、その雰囲気を、味わってみたいと思って、上りの、特急に乗ったんです」

「その後は？」

「名古屋で、昼食を取りました」

「その時、どこかに電話をしたか？」

「自分の事務所に、電話を、しましたよ。事務員の青木理江子にです。今、名古屋にいる。これから、下りの『特急ワイドビューひだ』に乗り、もう一度、高山に行って、あと一日、高山で、過ごすつもりだと、告げました」

「その後すぐ、下りの『特急ワイドビューひだ』に、乗ったのか？」

「いえ、一時間ほどしてから、下りに乗りました」

「どうやって、犯人は、君が名古屋にいて、『特急ワイドビューひだ』に乗ることを、知ったのだろうね」

「私が事務所に電話をしたために、それで、殴られたとは、思っていません。たぶん、偶然、名古屋の高山本線のホームや、その周辺にいた犯人が、私を追って、『特急ワイドビューひだ』に乗り、車内で私を殴ったんだろうと、思っています」

「君は、本当に、犯人の顔を、見ていないのか？」

「口惜《くや》しいんですが、背後から殴られたので、見ていません。もし、あのまま、放っておいてくれたら、車内で、意識を取り戻して、全部の車両を、犯人を、捜して歩いたと思うのです。しかし、車掌が、私が倒れているのを見つけて、すぐ、下呂駅で下ろし、救急車でこの病院に、運んでしまったので、車内を見て回ってもいません」

と、口惜しそうに、橋本が、言った。

「高山駅の駅長にもらった、六年前の宣伝ポスター、若い頃の佐々木恵美が、モデルになっている、あのポスターは、どうなった？」

「気がついた時には、どこにも、ありませんでした。車掌に聞くと、ポスターは、初めから持っていなかったと、言いますから、私を殴った犯人が、ポスターを、持ち去ったのではないかと、思います」

「そうすると、犯人は、あのポスターを奪うために、君を、殴ったのかもしれないな」

「そう考えると、犯人は、名古屋から、私を尾行してきたのではなくて、この高山からずっと、名古屋まで、私を尾行していた。そして、次に、名古屋から、下りの『特急ワイドビューひだ』に乗った私を、車内で、殴って、気絶させておいて、あのポスターを持ち去ったのではないかと、思います」

「しかし、あのポスターを奪うためだけに、犯人が君を尾行して、下呂駅に着く直前に、殴ったとは、ちょっと考えにくいね」

十津川が、自説を訂正するかっこうで、言った。

「どうしてですか？」

「もし、そうならば、名古屋行きの上りの車内で、君を殴っても、いいわけだよね。それなのに、犯人は、名古屋まで行き、帰りの特急に、乗ってから、君を殴っているんだ。ということは、ポスターも、欲しいが、君が何をするつもりか、それを見届けようとして、下りの車内まで、つけて来たんだと思うね」

「そうかもしれません」

「今日、君がしたことを考えてみよう。上りの列車で名古屋まで行き、名古屋で、昼食を取った。それから、自分の事務所に、電話をかけ、下りの『ひだ』に乗った。それだけか？　他には、何もしていないか？」

「そうです。事務所で、電話番をやってもらっている女の子に、電話をかけて、現在、名古屋にいる。これから高山に戻って、もう一日、高山に、いるつもりだという電話を、かけました。その後、一時間ぐらいしてから、高山行きの『特急ワイドビューひだ』に、乗ったんです」

「よく考えるんだ。上りの『ひだ』に乗って名古屋へ行き、名古屋で昼食を食べ、自分の事務所に電話をし、それから、下りの『特急ワイドビューひだ』に乗って、高山に、戻ろうとした。これが、全てか？　ほかには、何もしなかったのか？」

「例えば、どんなことですか？」

「自分の事務所以外に、電話をしなかったのか？　あるいは、名古屋で、誰かに会わなかったのか？」

「いや、どちらも、ありません」

「もう一度、細かく、考えていこう。君は、高山から上りの『特急ワイドビューひだ』に乗った。名古屋までの間、車内で、誰か知り合いには会わなかったか？」

「会っていません。指定席の窓側に、腰を下ろして、恵美さんが、毎日見ていた沿線の景色を、眺めていたんです」

「その後、君は、名古屋駅で、降りたんだな？」

「そうです」

「昼食は、どこで、何を食べたんだ？　駅の構内か？　それとも、駅の外に出て、食べたのか？」

「駅を出たところにある、大きな、そば屋に入りました。そば屋といっても、ご飯物も出している店で、私は、お腹が空いていたので、小天丼にプラスして、肉南蛮のうどんを注文して、それを食べました」

「その店の中に、知った顔はいなかったのか？」

「ええ、いませんでした」

「しかし、君が、気づかなくても、誰か、今度の事件の関係者がいて、君を監視していたかもしれん」

「それは、私にも、わかりません」

「食事を済ませてから、次は、どこに行ったんだ？」

「食事を済ませた後、その店で、自分の事務所に、携帯電話をかけました」

「どのくらいの時間、電話をかけていたんだ？」

「そんなに長くは、ありません。せいぜい、七、八分だったと、思いますね」

「それから？」

「そば屋を、出たのですが、行きたいところがあったので、タクシーを、拾いました」

「行きたいところというと？」

「恵美さんが、高山本線を、利用して通っていたという名古屋の大学が、見たくなりましてね。タクシーで、見に行ったんです」

「それから？」

「その後、駅に戻りました。下りの『ひだ』を一時間近く待ってから、下りの『特急ワイドビューひだ』に乗りました」

「列車の、どこに、腰を下ろしたんだ？　自由席か、指定席か、それとも、グリーン車か？」

「ゆっくりと、車窓の景色が見たかったので、指定席の、窓側を買いました」

「なるほど。その車内に、知っている顔はいなかったか？」

「わかりません。いつもの私なら、一応、同じ車両の中を、調べたり、列車の中を全部調べるんですが、今回は、ひたすら、恵美さんの気持ちに、なってみようと思って、窓際に腰を下ろしてからは、ずっと、外の景色を眺めていましたから」

　橋本が、言う。

「医者は、いつ退院できると、言っているんだ？」

「明日一日休めと、言われました。ですから、遅くとも、明後日の、午前中には、退院できるはずです」

「では、それまでに、もう一度、高山駅の、駅長に会って、例のポスターを、もう一回、コピーしてもらって、持ってきてあげよう。いったん二人で、東京に、戻ろうじゃないか？」

　と、十津川が、言った。

7

十津川は病院を出ると、タクシーで、下呂駅に向かった。

駅で、下りの『特急ワイドビューひだ』を待っている間、十津川は、携帯で、電話をかけてみた。かけた相手は、橋本が、佐々木恵美と二人で作った、「ツイン探偵社」だった。

だが、呼び出しは、しているのだが、相手が、出る気配がない。何回かけても、結果は同じだった。

腕時計を見ると、まだ、午後三時である。「ツイン探偵社」は、午後六時までやっているはずだった。

探偵二人のうち、佐々木恵美が、殺されてしまい、橋本豊は、入院してしまっている。だが、事務所には、青木理江子という二十歳の事務員がいるはずなのだ。探偵はいないが、午後六時までは、事務所を開けておくことにしてあると、橋本は、言っていた。

それなのに、どうして、理江子は、電話に出ないのか?

十津川は、すぐ、東京の捜査本部に電話をかけ、亀井刑事を呼んで、

「悪いが、『ツイン探偵社』に行ってみてくれ」

と、頼んだ。

そのあと、十津川は、下りの「特急ワイドビューひだ」に乗った。その列車が、間もなく高山に着くころに、亀井から、十津川の携帯電話に連絡が入った。時刻は、四時近くになっている。

「『ツイン探偵社』には、誰もおりません」

「そうか」

「同じビルに入っている他の会社に聞いてみましたが、『ツイン探偵社』は、昨日は、午後七時まで、明かりがついていたそうです」

「つまり、事務員が早く帰ったのは、今日だけということだな?」

「そのようです」

「確認するが、事務所では、人の争った気配はないんだな?」

「わかりません。事務所の明かりは消え、きちんとカギがかかっていて、部屋の

内部は、確かめられません」

と、亀井は、言う。

やはり、橋本が、連絡の電話を、入れたあと、事務員の青木理江子は、急に、事務所を閉めて、帰ってしまったとしか、考えられない。

「ツイン探偵社」の二人の探偵のうち、女性の方は、自殺に見せかけて、殺され、男の橋本は、今日、下りの特急「ワイドビューひだ」の車内で、何者かに、強打され、現在、下呂温泉のＮ病院に、緊急入院している。

こんな時こそ、事務所の留守番をする者は、定刻の六時まで、帰るべきではないだろう。橋本も、彼女に言い含めて、おいた筈である。

それなのに、青木理江子という事務員は、自分勝手に、三時に事務所を閉めて、帰ってしまった。

これは、どういうことなのか？

十津川は考え、一つの結論に達した。

（青木理江子は、犯人とつながっているか、あるいは、犯人たちに脅されて、逃げ出したのか、どっちかにちがいない）

そういう結論だった。

高山に着くと、十津川は、駅近くの旅館に行き、チェックインした。

午後七時、夕食を、食べる。その後で、十津川は、下呂温泉にあるN病院に、電話をかけることにした。

入院している患者に、夕方以降に電話をすることは、普通、禁じられている。しかし、十津川は、警視庁の名前を出して、無理につないでもらった。

「今、大丈夫か？」

十津川が、きくと、

「気が高ぶっていて、どうにも、寝られません。何とかして、恵美さんを殺した犯人を、捕まえてやりたいんですよ」

と、橋本が、言った。

「あの後で、君の事務所に、電話をしてみたんだ。三時頃だ。しかし、誰も出ない。いくら繰り返して、電話をしてみても、全く、同じだった。どうしても気になるので、亀井刑事に、『ツイン探偵社』に行ってもらった。ひょっとして、青木理江子という、女性事務員まで、犯人に連れ去られてしまったのではないか、あるいは、殺されてしまったのではないかと、考えてしまった。亀井刑事の報告では、事務所には、カギがかかっている。ということは、つまり、青木理江子は、三時前には、自分の意思で事務所を閉めて、帰っているんだ」

「しかし、彼女には、こんな時だから、なおさらきちんと六時まで事務所にいてくれ。どんな電話がかかってきても、それを全部、録音しておくように、言っておいたんですが」

「だが、やってないんだ」

「しかし、どうして、私の言うことを、聞いてくれないんですかね？」

「これは、私の勝手な想像なんだがね、もしかすると、青木理江子という女性事務員は、今回の犯人に、買収されているんじゃないのか？　金をもらって、犯人のいうことを、聞くようになってしまっているんじゃないのか？　あるいは、犯人に脅迫され、君が名古屋にいることを教えてしまって、その後、犯人が引き揚げてから、恐怖感が募り、逃げ出したか。いずれにしろ、犯人は、君の居場所を知ったんだ。そして、犯人の仲間に、君が襲われたと思っている」

「今日限り、彼女を、クビにしますよ」

と、橋本が、強い口調で、言うと、

「彼女の住所を教えてくれ。もしかしたら、家に帰っているかもしれないから、カメさんに、確かめてもらうよ」

と、十津川は、言った。

一時間後に、亀井刑事から、電話が入った。

「青木理江子は、家にいました。彼女の話では、橋本から電話があった直後に、突然、黒い眼だし帽を被った男が、事務所に侵入してきて、ナイフをちらつかせ、橋本の居所を言えと、脅されて、気が動転した彼女は、橋本が名古屋からかけて来た電話の内容を、詳細に喋《しゃべ》ってしまったそうです。犯人は、橋本から、また連絡があったら、事件の捜査から手を引くように伝えろ、と言って、出ていった。その後、犯人が、また事務所に、戻ってくるのではないかと、急に恐怖心が高じてきた彼女は、事務所を逃げ出したと、言っています」

「橋本は、事件に関わるなという、警告の意味で、襲われたわけだ」

と、十津川は、言った。

（犯人たちは、我々の捜査に、焦りを感じはじめ、苛立《いらだ》っている）

と、十津川は、思った。

第五章　彼女の日記

1

東京に帰った十津川を、西本刑事と、日下刑事が、待っていた。

「土井建設の副社長に、会って話を聞いたんですが、面白いことが、わかりました。土井洋介の葬儀に、警部も行かれたと思いますが、その時、参列者の中に、二、三、政治家の姿が、見受けられたはずです。しかし、土井社長の、最も親しかった有力政治家が、献花もせず、姿も見せなかったと、副社長が怒っていました。土井は、その政治家の資金作りを担《にな》っていたようです。その政治家が、大きな派閥を作り、多くの議員を、集める事が出来たのも、土井が必死になって、工面した資金のおかげだということです」

と、日下が、言った。

「その政治家の名前は、聞いたかね？」

「はい。保守党の大物政治家である、川辺新太郎《かわべしんたろう》だそうです。岐阜県選出の国会議員で、五年前、厚生大臣をやっており、次期総理大臣の有力候補の一人だと、聞いています」

と、今度は、西本が、答えた。

「ようやく、敵の姿が、浮かび上がってきたな。おそらく、土井洋介と、川辺代議士との間に、なにか揉《も》め事があり、川辺は、邪魔になった土井の口を、封じたんだろう。君ら二人は、これからは、川辺の周辺を探ってくれ。佐々木恵美や、土井殺しの犯人が、川辺代議士の周辺にいるはずだ」

その後、十津川は、亀井刑事たちを連れて、永福町にある土井洋介の、屋敷に向かった。

この時、十津川が持参したのは、土井邸の家宅捜索の令状である。

十津川は、もう一つ、別の家屋の家宅捜索の令状も持っていた。それは、佐々木恵美が、夫の足立に内緒で、借りていた、一Kの小さなマンションに対する、令状である。

たぶん、そこには、夫には、知られたくないもの、見せたくないもの、あるいは、隠しておきたいものが、置いてあるに違いないと、思っていた。

たぶん、佐々木恵美は、その小さなマンションの部屋を、両親の死の真相を探るために、使うつもりだったに違いない。だからこそ、その部屋について、夫の足立にも内緒にしておいたのだろう。

十津川は、そちらの家宅捜索令状を取り、それを、三田村《みたむら》刑事と、北条早苗刑事の二人に持たせて、同時捜査を実行した。

十津川たちが、土井邸を訪ねると、後妻の妙子が、応対に出た。姪の、御園生加奈子は、まだ、帰ってきていないという。

十津川は、家宅捜索令状を見せた後で、

「大変申し訳ありませんが、家宅捜索が、済むまでの間、外に出ていていただけませんか？　二時間ほどで、終わるはずです」

と、言うと、妙子は、素直に応じて、家の外に出ていった。

その後、いっせいに、家の中の捜索が始まった。

十津川は、この日のために、三上刑事部長に頼んで、二十人の刑事を、この家宅捜索に、動員してもらっている。その刑事たちがいっせいに、一階から、二階に向かって、各部屋の捜索を、開始した。

十津川は、一階の応接間で、捜索の指揮を執《と》った。

十津川が知りたいのは、土井洋介が、五年前に、高山周辺で起きた、漢方薬さわぎに、関係があるかどうかということだった。つまり、川辺新太郎の裏金作りのため、土井が三浦製薬の、影のスポンサーだったのか、ということが、焦点だった。

そこで、刑事たちは、とにかく五年前の事件と、関係のありそうなもの、それから、土井洋介が、御園生加奈子の両親から、強引に受け取ったといわれる、遺産の行方《ゆくえ》がわかる書類、あるいは、パソコンのデータ、手紙などを、探し出せと命令した。見つけたものは全て、十津川のいる一階の応接間に、持ってくるようにと、指示を出した。

刑事たちが、集めたものが、居間のテーブルの上に、積まれていく。それを、十津川と亀井の二人が、一つ一つ丁寧に、目を通していくのである。

その中で、最初に、十津川の目を引いたのは、過去十年間の、土井建設の資産の動きだった。それは、毎年、税務署に申告する書類の控えで、はっきりした。

それを見ると、今から六年前に、いきなり、土井建設の資金が倍加しているのである。明らかに、不自然な金の流れである。

しかも、なおも詳しく調べていくと、同じ年に、土井洋介の義弟に当たる御園生泰三《たいぞう》、すなわち、御園生加奈子の父親が、亡くなっていることがわかった。その後、母親も亡くなったために、土井洋介は、一人残された娘の御園生加奈子を引き取っているが、その一方で、土井は、加奈子が、二十歳になるまで、後見人になっていた。

この二つの事実を、つなぎ合せると、御園生家の遺産の大部分が、一時的にせよ、土井建設に入り、土井洋介が、自由に使えることになっているのである。

しかし、土井が、後見人の立場を利用して、御園生家の財産を欺《だま》し取ろうと、何かの事業に投資しようと、それだけでは、事件との関係は、無いに等しい。問題は、何に金を使ったかということである。

調べて行くと、五年前の二月に、土井洋介の預金通帳から、二億円が、別の口座に振り込まれていることがわかった。

その振り込み先を見て、十津川は、予想が、当たったのを知った。

問題の二億円は、岐阜県内、越中八尾の三浦製薬の口座に、振り込まれていた。

十津川は、先日、見てきた製薬の工場と、社長の三浦の顔を思い出した。

六年前、三浦製薬の社長、三浦は、高山本線の越中八尾の駅近くに、漢方薬の製薬工場を建て、その隣りに、五階建てのビルの事務所を作った。

一年後、ガンへの免疫力を高めるという触れ込みの「生命丸」という名の漢方薬の丸薬を作って、大々的に宣伝をし、売り始めたのだが、土井が、大金を振り込んだ時期と、見事に一致するのである。

三浦社長のほうは、新しい漢方薬を、大量に製造、販売するためには、どうしても、資金が足りないので、事業資金を融資してくれる人間、会社を募集した。

それに対して、どんなふうに、資金提供があったのか、何処《どこ》の誰が資金を提供したのかなど、わからないことが、多かったのだが、しかし、これでやっと、土井洋介が、スポンサーの一人として、二億円の資金を、三浦製薬に提供したことが、はっきりした。

しかも、その一年後には、三浦製薬から、土井洋介の口座に、八億円もの資金が、振り込まれていたことが判明した。

ところが、その後、土井の口座から、六億円が、払い出されていた。おそらく、この金は、政治資金として、川辺新太郎に、渡ったのだろうと、十津川は、思った。川辺の口座に振り込めば、証拠が残ってしまうから、現金で受け取ったに違いない。そこで、川辺新太郎と土井洋介、そして三浦の三者の繋《つな》がりが、見えてきた。

2

十津川が、その金の流れを示す資料を、見ている時、佐々木恵美の、マンションに向かった三田村たちから、連絡が入った。

「こちらの佐々木恵美の小さなマンションの部屋には、ベッドと、パソコンと、それから、テレビくらいしか、ありませんでした。それを見た時、少しばかりガッカリしました。この部屋のどこかに、事件を、解決に導くようなものが、見つかるのではないかと、内心、期待していたからです。行ってみると、最初は、あまりにも、狭くて、何もない部屋のように、思えました。それで、ガッカリしたのですが、やっと、収穫がありました」

と、三田村が、言った。

彼が収穫だというのは、佐々木恵美の日記だった。

日記は、十年前から、始まっていた。その頃から、佐々木恵美は、日記をつける習慣を、持っていたのだろう。

十年前から始まっている日記は、詳しく、その日に何を食べたかといったことまで、事細かに、書き込まれている日があると思えば、たった一行だけ、

「朝、零下になる。一日中寒い」

としか、書いていない日もあった。

三田村と北条早苗の二人は、十年分の日記を二つに分けて、それぞれが、五年

分ずつ、目を、通していった。

三田村は、まず、六年前の一年分を読み、北条早苗は、次に五年前の一年分に目を、通した。

三田村の分は、最初、淡い恋の記述で始まっていた。

毎日同じ時刻の、高山発の上りの「特急ワイドビューひだ」の車内で、一人の青年と同じ車両に、五日間一緒だったことが、書き出しである。

＊

不思議だった。

彼と、急に、同じ特急の、同じ車両に乗り合わせることになった。どうして、今まで、会わなかったのだろう。

それに、笑顔に、なつかしさを感じて、不思議だったが、よく見れば、親友の憲子のお兄さんなのだ。

そのことを、電話で憲子にいうと、彼女は、兄さんには内緒だといって、教えてくれたことがある。お父さんが病死したため、史郎さんが、柴崎薬局の代表責任者になり、憲子とお母さんを、経済的にも、精神的にも、支えているということだった。

史郎さんは、現在、名古屋の薬科大学の大学院生で、漢方薬の研究をしているが、今までは、名古屋市内のマンション住まいだった。

『それがねえ。あなたが、名古屋の大学まで、高山本線の特急を使って、通《かよ》っていると教えてあげたら、突然、兄も、高山本線を使って、名古屋まで通い始めたの。あなたと親しくなりたいからに決まってるけど、まじめな兄にしてみたら、大冒険。うまく、あなたに声をかけられたらいいのにと、心配していたけど、あなたの方から、兄のことを、言われたので、ほっとしたわ』と、憲子に言われて、私だって、ほっとした。中学時代、憲子の家に遊びに行ったとき、のっぽの高校生がいて、チョッピリ、胸が、どきどきした。これは、憲子にも、内緒なんだけど。

＊

九月一日。

彼に、越中八尾に踊りに行こうと誘われた。

風の盆だ。

憲子も一緒にと思ったら、彼は、妹にもボーイフレンドがいて、一緒に行くと聞いて、安心して、彼と八尾に行った。

私は、習い始めた三味線を持ち、彼は、胡弓《こきゅう》を持って、列車に乗った。

私の三味線は、下手くそだけど、高校時代、胡弓教室に通っていたという彼の胡弓は、ホンモノだった。

悲しさを、唄いあげるような、彼の胡弓の音に、私は、ふるえてしまった。史郎さん。音楽を使うのは、卑怯《ひきょう》よ。でも、胡弓を聞きながらのキスは、素敵だった。だから、許してあげる。

＊

父も母も、一日中、怒っている。

三浦製薬という、越中八尾の漢方薬の会社が、末期ガンへの免疫力を高めるという漢方薬を売り出してから、ずっとだ。

うちが、漢方薬専門の薬局なので、観光客が、飛び込んできて、例の「生命丸」は、本当にガンに効くのかと聞く。

そんな時、父は、口をきわめて、「生命丸」をけなす。

「あんなものは、漢方薬じゃない。漢方薬というのは、身体の基礎から健康にしていくもので、『生命丸』のような、きわものじゃない」

母も、父に同調している。

私だって、「生命丸」が、末期ガンに効くとは、思っていない。高山の五軒の漢方薬の店のうち、ウチだけが、「生命丸」を店に置くのに反対し、他の四軒は、置いている。宣伝ポスターも貼っている。別に、そのことは、構わない。ただ、史郎さんの柴崎薬局も、「生命丸」を、置いているのが困るのだ。父も母も、「大学で漢方を勉強しているくせに、あそこの跡取り息子は、『生命丸』のインチキがわからないのか」と、史郎さんを怒る。しかし、違うのだ。高山の五軒は、組合に入っていて、史郎さんは、その役員になっている。組合としては、「生命丸」を認めているので、役員としては、店に置かないわけにはいかないのだ。列車の中で会った時、史郎さんは、本当は、置きたくないと、言っていた。

＊

口コミと、宣伝ポスターの両方を使ったのが功を奏したらしく、「生命丸」は、よく売れている。

製造元では、一定量を売り切ると、ボーナスを出すということで、高山では、一般の薬局まで、「生命丸」を置くようになった。

「世も末だ」

と、父は、はき捨てるように、言う。

高山の町に、「生命丸」のポスターが、あふれてくると、それに反対する私の両親に対する、風当たりが、強くなってきた。

人間の欲望は、際限がない。「生命丸」が、もっと売れて、ボーナスがほしい。だから、それに反対する両親の態度は、目障《めざわ》りなのだ。両親が、けなさなければ、「生命丸」が、もっと売れるのにと、「生命丸」の製造関係者や、それを売る漢方薬局の人たち、みんなが考えている。

暗くなった。石が投げつけられて、表のガラスが、割れた。

＊

そして、とうとう、恵美の母親が、死ぬことになるのだが、その日のページには、たった一行、

＊

〈母が死んだ〉

と、書かれていた。そのあと、二日間の日記は、空白になっていた。三日目になって、やっと、記入があった。

しかし、日記の文章の調子は、だんだん、きつくなっていく。

＊

母が乗っていた軽自動車が、高山市内の踏切で、電車と衝突し、母が死んだ。警察は事故死として処理してしまっていたが、あれは、本当に、事故なのだろうか？「生命丸」とかいう名前の、インチキな漢方薬の問題が、起きていて、その薬を売るために、ひょっとすると、母は、事故死に見せかけて、殺されたのではないかと、思う。「生命丸」を売りたいと思っている人にとっては、目障《めざわ》りな存在だったのだろう。

母も生前、父と一緒になって、この、末期ガンに効くという漢方薬について、批判的なことを言い、不買運動のようなこともやっていたから、狙われたに、違いないと、私は、思っている。父も母の死因に、不信感をいだいているようだった。

きっと、三浦製薬の人たちや、あるいは、「生命丸」を積極的に売っていた、薬局の人たちにとって、私の両親の言動は、煙たかったろうし、営業妨害にも、見えたに違いない。

＊

母の通夜が行われた日、私は弔問に来た史郎さんを、父に紹介した。父は、露骨に不機嫌な表情を見せ、娘に近づくなと怒って、史郎さんを追い返した。父にしてみれば、史郎さんは、母を死なせた敵の一人なのだから、私と史郎さんの交際を、認めるわけにはいかなかったのだ。

父は、今日から、私に、高山本線による通学を止め、名古屋のマンションに住み、そこから、大学へ通えと言った。母のことがあって、私が、高山にいることは危険だと、思ったのだ。

私は、反対した。父を、ひとりにしておけなかったし、史郎さんにも会えなくなるからだ。

＊

史郎さんが、死んだ。海に身を投げて、死んでしまった。

＊

憲子は、私に、兄は自殺したと、言った。

兄は、店のこと、「生命丸」のこと、そしてあなたとの交際を、あなたのお父さんに拒絶されたことで、ひとりで悩み、ひとりで、苦しんでいた。だから、遺書はなかったが、自殺以外に、考えられないと、言う。

＊

私は、父の指示どおり、名古屋市内に住み、そこから、大学に通うことにした。

憲子は、兄は自殺したというが、私は、史郎さんは、漢方薬「生命丸」に殺されたのだと思う。

＊

このあと、しばらく、日記には、空白が続いている。

半月後、突然、また、日記への記入が始まる。

父までが、死んでしまったからだろう。

＊

今日、大学からマンションに帰ると、携帯電話が鳴った。憲子からだった。

いきなり、

「佐々木薬局が火事になり、あなたのお父さんが亡くなったわ」

と言う。

涙声だった。

「どうして、うちが火事になったの？　どうして、父が死んだの？」

と、私は、きいた。

「まだ、細かいことは、わからないんだけど、あなたの佐々木薬局が、全焼して、焼け跡から、あなたのお父さんが、焼死体で、見つかったんですって」

今度は、はっきりとわかった。火事という言葉は、吹っ飛んで、「父まで殺された」という言葉が、頭の中を、駈けめぐっていた。

「すぐ行く」

とだけ、私は言った。

高山の駅には、憲子が、迎えに来てくれていた。私は、黙って、憲子の運転する軽自動車で、上一之町の焼け跡に行った。

そこは、文字どおり、焼け跡だった。きれいに、うちの薬局があったところだけ、四角に焼けているのだ。

「今日は、とことん、付きあってあげる」

と、憲子が言ってくれた。

「じゃあ、一緒に行って貰いたいところがあるんだ」

「何処？」

「警察」

「いいよ。他には？」

「最後に、史郎さんのお墓参りをしたい」

「いいよ」

憲子の軽に乗って、私たちは、高山警察署に、行った。

ここで、今日の事件を担当する上村という刑事を紹介された。

「警察が、調べているということは、殺人の疑いがあるんですね？」

と、私がきく。でも、上村刑事は、慎重だった。

「一応、失火、放火、それに、自殺、他殺と、いろいろな可能性があるので、私が、担当して調べています」

「父の遺体は、司法解剖のため、大学病院に運ばれたと聞きましたが」

「そうです」

「その結果が出れば、いろいろわかりますね。殺されてから、犯人が火をつけたとか――」

私の言葉に、上村刑事が、苦笑するだけだった。

「わかって頂きたいのは、ほとんどの火事は、失火なんですよ」

「でも、父は、殺されたんです」

私は、負けなかった。父が、失火なんかで、死ぬ筈はないのだ。

最後に、建正寺の史郎さんのお墓に行った。

建正寺に行く前は、いろんなことを、お墓に話しかけたかったのに、いざ、お墓と向き合うと、何を話しかけたらいいのか、わからなくなってしまった。

お墓の向こうに、高山本線の「特急ワイドビューひだ」が、見えた。私は、バカみたいに、その列車が、視界から消えていくのを、見送っていた。警察が、父や母の死を殺人だと、立証しないなら、代わって私が、犯人を突き止め、復讐《ふくしゅう》するつもりだ。私は、そのことを、心に誓った。

＊

十津川は、三田村と、北条早苗刑事の二人が持ってきた佐々木恵美の日記に、眼を通していく。

十津川が、彼女の日記の中から、見つけ出したいことは、差し当たって、二つあった。

一つは、彼女が、なぜ結婚し、そうして、私立探偵になったか、そして、今回の事件について、どこまで、知っていたのかということだった。

もう一つは、もちろん、何処の誰が、佐々木恵美を殺した犯人かということである。

この答えを見つけるために、十津川は、続けて、恵美の日記に眼を通していった。

彼女が、事件について、新しい発見をして、喜んでいる記述のところには、十津川は、赤い線を引いた。

例えば、こんな記述のところである。

＊

嬉しい。母の死について、新発見があった。

軽自動車に乗っていた母は、踏切で立ち往生していて、列車に衝突し、死んだと言われてきた。

夕方、母の車が踏切で止まっているのを発見した列車の運転士は、急ブレーキをかけたが、間に合わなかったと証言している。これでは、自殺、事故死の可能性はあっても、殺人の可能性はないと、警察は、断定したのである。

だが、今日、母の車が衝突する直前、小型トラックが、母の車を、踏切に押し出したようだという、主婦の証言が、私の耳に入ってきたのだ。その主婦は、線路際に建つ家の二階の窓から、その瞬間を、見たというのだ。その運転手を見つければ、母の死の真相が、明らかになるに違いない。

だが、まだ、見つかっていないのだ。警察も、主婦の証言は、あてにならないと、取り合ってくれない。

父や母を、憎んでいる人がいるとすれば、「生命丸」を製造している、八尾の三浦製薬の社長しか思い当たらない。そこで、八尾の喫茶店に出入りしていた三浦製薬の若い男性従業員に、気がある素振りを見せて、接触し、会社の内情を探ってみた。すると、会社は「生命丸」という漢方薬で大儲けしたはずなのに、利益はすべて、東京の土井建設の社長に、持っていかれてしまったので、ボーナスも出せないと、三浦社長が、嘆いていたというのだ。

私はその時はじめて、小さな会社だった三浦製薬に資金を提供した大スポンサーが、土井洋介という人物だと、わかった。私は、この男の身辺を調べようと、心に決めた。

＊

自分の結婚についての記述があるページも見つかった。

＊

足立さんと結婚した。

足立さんは、東京で、偶然知り合った人である。

やさしい人だが、私にとっては、あまり魅力のない人である。

だが、プロポーズされた時、結婚を決めた。

犯人たちに近づいている気はするが、今の私には、犯人が、何処の誰か、特定できていないのである。逆に、犯人側は、私が調べ回っているのに、気づいているにちがいない。このまま、犯人を求めて、走り廻っていたら、逆に、間違いなく、私は、犯人に殺されるだろう。犯人と刺し違えるのならいいが、犯人が、わからないまま、殺されるのでは、がまん出来ない。

そこで、犯人を油断させるために、形の上だけの結婚をすることに決めた。足立さんには悪いと思う。が、許して下さい。

私立探偵社で働くことにしたのは、生活のためもあったが、探偵なら、他人の秘密を、嗅ぎ廻ったり、尾行したりしても、怪しまれずにすむと思ったからである。全て、両親を死に追いやった犯人を、見つけるためだった。

犯人を見つけ出して、警察に突き出し、罪を償《つぐな》わせるのが、私の願いだ。

＊

今年になって、恵美は、橋本と二人だけの探偵社「ツイン探偵社」を作ったことを、次のように、日記に記入していた。

＊

人数が少ないと、確かに、仕事そのものは、きつくなるが、勝手に、自分のための調査をしても、それを咎《とが》める人がいないので、自由が利くのが、ありがたかった。

＊

八月になって、土井建設の土井社長から、「ツイン探偵社」に、失踪した姪を探してくれという調査依頼があった。この時の嬉しさを、恵美は日記に、次のように書いている。

＊

同僚の橋本さんは、北海道で、調査する仕事があると言うので、この依頼は、私が、引き受けることにした。

土井建設の社長が、五年前の、三浦製薬の漢方薬さわぎに、関係していることは、前に、三浦製薬の若い従業員から、聞いていた。

私は、上京して、探偵になってから、土井洋介の周辺を探っていたから、土井はそれを知っていて、わざと「ツイン探偵社」に、捜査を依頼してきたのかもしれない。

となると、私の身に、危険が及ぶことも予想されたが、直接、土井洋介に会えるチャンスでもあった。

私は、四ヵ月前、土井建設と取引があったという、建材販売会社の女社長から、

「土井洋介という男は、もともと、金儲けの才能はない人だと言われていた。それが、亡くなった義弟の遺産を手に入れたので、この金を元手にして、大儲けをする気になっていたのよ。五年前、末期ガンの治療に有効だという漢方薬を製造した三浦製薬という会社を知って、億単位の資金を、融資したの」

と、聞いていた。

その後も、私は、土井建設の周辺を、調べ回っていた。土井が、私の存在に気がつき、なんらかの行動に出てくることを、期待していた。

案の定、土井洋介は、私に仕事の依頼をするという形をとって、接触してきた。

土井洋介は、「ツイン探偵社」に、五年前の事件の関係者の私がいるのを知って、姪を探して欲しいと、依頼しにきたに違いない。

これこそ、天が運んできた幸運だった。

3

ここまで、恵美の日記を読んできた十津川は、日記を伏せた。

この先は、十津川たちが、捜査している現実の世界と、つながっているからである。

佐々木恵美は、「生命丸」騒動や、両親の死に、土井洋介が関わっていることまでは、確信していたようだった。だが、川辺という国会議員の存在までは、たどりつかないうちに、危険な存在として、殺されてしまったのだろうか。それとも、川辺の存在に気づき、嗅ぎ回りはじめたために、殺されたのだろうか。

五年前の漢方薬さわぎで、何人もの人間が死に、傷ついている。それなのに、十津川たちは、まだ、明確な犯人の姿が見えて来ないのである。

佐々木恵美の日記に書かれていた内容を、十津川は、高山警察署の上村警部あてに、ファックスで送った。土井洋介が、五年前の「生命丸」騒動の際、三浦製薬のスポンサーだったこと。そして、その利益の大半が、地元、岐阜県出身の川辺新太郎代議士に、わたっていると思われること、などだった。

二日後、高山警察署で、捜査会議が開かれ、それに十津川と、亀井、そして、橋本も、参加した。

岐阜県警本部長が出席したが、会議を進めたのは、五年前の事件も担当した上村警部だった。

「今から考えると、五年前の漢方薬、『生命丸』さわぎは、異常でした。宣伝の上手《うま》さで、『生命丸』は、爆発的に売れましたが、本来の漢方薬とは、異質のものです。そこで、高山で、昔から売られている漢方薬を袋に入れて、ここに持ってきました。高山に生まれ育った私なんかには、子供の時から、見慣れたものですが、東京から来られた、警視庁の十津川警部には、珍しいと思われるので、お土産に、お持ち帰り下さい」

上村の言うように、十津川たちの机の上にも、大きな紙袋が置かれていた。中身は、なつかしい、というより、十津川には、物めずらしい漢方薬だった。

それを、机の上に並べていった。

○御岳百草丸《みたけひゃくそうがん》——飲みすぎ、食べすぎ、食欲不振に効く胃腸薬。くま笹のエキス。
○真正熊胆《しんせいゆうたん》——本物の胆を使用。二日酔、胃腸に効く。
○下呂膏（下呂温泉、高山市内でも買える）——天然の熊笹エキスを配合した生薬。腰痛、関節痛に効く。オウバク、ヨウバイヒなどの生薬を、和紙に塗った貼り薬。
○下呂温泉ミスト——源泉一〇〇パーセントの化粧水。
○赤まむしドリンク。

上村警部が、説明する。

「こうしたものが、本来の漢方薬で、繰り返しますが、『生命丸』は、まともな漢方薬とは言えないものなのです。それなのに、五年前の一時期、儲かるからというので、誰も彼もが、『生命丸』にむらがりました。しかし、ある時、突然、姿を消してしまいました。三浦製薬は、理由はいわず、製造を中止してしまいました。それなのに、五年たった今になって、あのさわぎは、尾を引いていて、犠牲者も出ています。一人は、東京で私立探偵をやっていた佐々木恵美で、彼女の両親は、高山市内で、漢方薬の薬局をやっていたのですが、五年前に相次いで、不審死を遂《と》げています。もう一人は、土井洋介という資産家で、五年前には、三浦製薬に、資金援助をしていた男です。この二人が、殺された事件については、警視庁の十津川警部から、詳細を話して貰います」

上村警部に促《うなが》されて、十津川が、このあとを説明することになった。

「佐々木恵美は、両親が死んだあと、三浦製薬の大スポンサーは、東京の建設会社社長、土井洋介であることを突き止め、彼の身辺を、調べていたのです。そして、ここにいる橋本豊と二人で、探偵社をやり始めましたが、行方不明の若い女性の調査を依頼され、動いているときに、行方不明になりました。この時には、高山の名前も、五年前の『生命丸』さわぎも、全く、私たちの頭の中には、ありませんでした。しかし、土井洋介が殺され、日を経ずして、佐々木恵美も殺されました。捜査の途中で、佐々木恵美が、高山の人間であり、五年前に両親が、不審死を遂げていることが、わかってきたのです。土井洋介も似ています。朝の散歩の途中で、刺殺されたので、最初は、通り魔か窃盗犯による犯行ではないかと思っていたのですが、捜査の途中で、土井洋介が、五年前頃、億単位の金を、三浦製薬に出資していることがわかりました。土井洋介は、見返りとして、多額の利益を手にしたことも、わかっています。そして土井洋介は、この岐阜県出身の、川辺新太郎代議士と、昵懇《じっこん》の仲だったということもです。現在、私がもっとも知りたいことは、二つあります。五年前の事件の本当の仕掛け人は、いったい誰なのか？　何のために、やったのか。本当に利益を上げたのは、誰かということです」

「普通に考えれば、『生命丸』を作った三浦製薬の社長だろう。違うのかね？」

と、本部長が、きく。

十津川が、答える。

「最初は、私も、三浦社長ではないかと考えて、越中八尾に行って、会ってきました。しかし、三浦社長は、大きな事件というか、事業の仕掛け人になれる男じゃないし、ましてや、殺人などする勇気もありません。それに、『生命丸』の製造、販売をやっていたのに、ほとんど、儲かってはいないこともわかりました。次に考えられるのは、三浦製薬に、二億円の資金を、融資した土井洋介です。『生命丸』騒動後、彼の口座には、三浦製薬から八億円が、振り込まれています。

そして、そのうち、六億円が引き出されて、使途不明金になっています。それも、不思議です」

「君は、どう考える？」

本部長が、上村警部を見る。

「私も同感です。何とかして、本当の仕掛け人というか、本当の黒幕を知りたいと思っています。が、残念ながら、わかりません。ただ、十津川さんの話を聞いて、川辺代議士のことが、気になります。もしかしたら、彼が本当の黒幕なのかも、知れませんね。土井の口座から、消えた六億円は、川辺代議士に渡ったのかもしれません」

と、上村警部が、答えた。

「そして、五年後の今、川辺と土井の間に、何らかの確執が生まれ、川辺の資金づくりの秘密を知る、土井洋介は殺され、さらに、土井の周辺をかぎ廻っていた佐々木恵美も、殺された。とすれば、二人の死で、全ての疑惑を、闇に葬り去ることができるのは、川辺だということです。しかし、残念なことに、死人に口無しということになります」

と、十津川は、付け加えた。

「三浦社長は、その真相を、知っているんじゃないのか？」

「知っていると思いますが、どう攻めても、その名前を、打ち明ける気配《けはい》がありません。怖いのか、何か、秘密を握られているのか、わかりませんが」

「いっそのこと、三浦社長を、逮捕したらどうかね？　実刑になると思えば、本当の仕掛け人の名前をいうんじゃないかな？」

「それも考えましたが、何の罪で逮捕するのかが難しいのです。末期ガンに効くといって販売した漢方薬が、効かなくても、それで、逮捕はできません。ガンという病気には、いろいろ種類があって、全てのガンに効く薬というのは、本当に存在しないのです。絶対的な抗ガン剤はあり得ないと言われる理由です。ですから、『生命丸』を飲んで、ガンが治らなくても、逮捕はできません」

「それなら、詐欺罪はどうなんだ？　ガンに効能があると言って、売りまくったんだろう？」

「私も、五年前、詐欺罪は、成立すると思いましたが、いざ、検事と相談すると、最初から欺《だま》す気はなかったとなれば、詐欺の証明は難しいといわれて、途中で、断念しました。当時、東京の弁護士が、三浦社長を、詐欺容疑で、訴えたこともあったようですが、事件として、立件されることは、ありませんでした」

結局、何とかして、今回の事件の真犯人、真の仕掛け人を、見つけ出すために、警視庁と、高山署で協力し合って、捜査を続けるということで、捜査会議は、終了した。

4

十津川たちは、東京に戻り、土井洋介の線から、真の犯人を追うことにし、上村警部は、三浦製薬の線から、同じ犯人を見つけ出すことに決まった。

十津川は、土井洋介の交友関係を、徹底的に、洗うことにした。

それも、土井洋介に対して、あれこれ命令することの出来る人間、また、土井が、心酔《しんすい》している人間、いわゆる大物である。

土井の経歴を調べる。

土井は、岐阜県岐阜市の生まれだった。彼の家は、豪農で、父親の土井洋之《ひろゆき》は、郷里でも有名な政治好きだった。村長や、村会議員に献金したり、ご馳走《ちそう》したりして、喜んでいた。

土井洋介は、二十歳で、上京したが、父親の政治好き、政治家好きは、そのまま、遺伝していた。

三十代で、不動産で儲けると、生来の政治好きが、顔を出した。

保守党の「川辺グループ」の後援会に入ったが、別に、このグループのリーダー、川辺新太郎の政治信条に心酔してのことではなかった。

土井が、たまたま、高山市の親戚の家を訪ねた時、保守党の知事候補の応援演説をしていた川辺新太郎の宣伝カーにぶつかった。その時、川辺は、岐阜県選出の衆議院議員で、いずれは、総理総裁になる器だと、評されていて、新興派閥のリーダーだった。土井が、川辺の演説を、あまりにも熱心に聞いていたので、川辺は、宣伝カーから飛び降りると、土井に向かって、「応援、よろしくお願いします」と、その手を握り締めたというのである。川辺の腰の低さと、親しみやすさに、土井は、すっかり感動し、以後、川辺のファン、信者になってしまったという。そして、土井は川辺のタニマチ、つまり、資金提供者になっていったのだ。

問題は、五年前だった。

五年前、衆議院の解散で選挙がおこなわれ、川辺は派閥の議員や新人候補たちに、軍資金を配らなければならなかった。その資金作りを依頼されたのが、土井洋介であったと見ることができる。おかげで、派閥は大きくなり、川辺は厚生大臣の椅子を得たのだ。

厚生大臣といえば、薬の番人といってもいいだろう。厚生大臣としての川辺新太郎であれば、五年前に起きた漢方薬事件の真相を知ったり、事件そのものを、自分の思うように動かすことだって、十分に可能だったはずである。

十津川は、大学の同窓で、中央新聞の社会部記者をしている、田島《たじま》に会い、川辺代議士のことを尋ねた。

「今後は、東洋医学についても、厚生省が研究し、大事にしていきたいと思っている。西洋医学では、助けられないような患者も、東洋医学であれば、意外に、助けることが可能ではないかと考えている」

と、川辺が、言ったことがあると、田島は、言った。

また、川辺新太郎は、自分のグループを、いずれ、保守党の最大の派閥にしようとしていたという。そうすることによって、将来は、総理の椅子を狙えると、川辺新太郎は、計算していたらしい。

「しかしね、それには、何といっても、金が要るんだよ」

と、田島は、十津川に、言った。

「とにかく、政治には、金がかかるんだ。特に、首相になろうと思ったら、大変だよ。大きな派閥を作り、その派閥に属している代議士たちに、いざとなれば、一人当たり五百万円から一千万円くらいの金を、援助できるような、それぐらいの資金力を、持っていなければ、総理大臣になるのは、まず無理だろうね。昔から、政治銘柄といわれる、株があるんだよ。総選挙や総裁選の、半年くらい前から、株価が上がりはじめて、選挙が終わったら、元の株価に戻っているんだ。つまり、安値で株を仕込んでおいて、煽《あお》りたてて、株価を吊り上げ、高値になった時に売り抜けて、選挙資金を作るやり方だ。手っ取り早く、金になりそうものには、何にでも手を出して、資金を集めているようだね。いずれにしても、この手の資金集めは、もともと、まともじゃないから、批判が出るまでの短期間が、勝負なわけだ。世間が、おかしいと騒ぎ出した時には、すべてが決着した後なんだよ」

と、田島は、言った。

これで、保守党の代議士、川辺新太郎と、五年前、高山を中心に起きた漢方薬さわぎとの間に、何らかの関係が、あるのではないかと、想像できる。

川辺は、保守党で、第二の派閥のリーダーである。五年前は、四十人前後だったが、今では、倍近い、八十人に膨らんでいる。だから、一人に五百万円ずつ配っても、四億円がいることになる。

第一の派閥は、現在の保守党総裁、大友幸行《おおともよしゆき》の派閥で、その人数は、百名である。大友も、川辺も、折に触れて、派閥の解消を口にしたが、それが、心にもないことであることは、誰もが知っていた。

現在、第一党の保守党は、政権を担当している。

更にいえば、第一派閥のリーダーである大友幸行は、保守党の総裁であり、同時に、今の総理大臣でもある。

当然、閣僚の数が、一番多いのも、大友が率いている派閥である。

こうなれば、保守党の代議士は、誰も、派閥が不要とはいわない。それどころか、派閥の必要性を強調する。

その川辺新太郎が、五年前の事件に関係しているらしいというのは、大きな収穫だった。

「川辺の身辺にいたことがあり、彼のことを、知り尽くしている男を、探してくれないか」

と、十津川は、田島に、言った。

「つまり、昔は川辺と親しい仲だったが、今では反感を持っていて、知っていることを、洗いざらい喋ってくれる男を、見つけてくれというわけだな。僕の取材網を使って、探してみるが、あまり、あてにしないでくれ」

と、田島は、言った。

しかし、その後、捜査にこれといった進展はなかった。

何しろ、相手の川辺新太郎は、政権与党の元大臣であり、第二の派閥のリーダーである。簡単に、本人を連行してきて、話を聞くわけにはいかない。川辺の関係者も同じである。

一番、攻めやすいのは、土井洋介なのだ。土井が、川辺新太郎の後援者であり、五年前の漢方薬「生命丸」さわぎでは、三浦製薬に、金を出している。

しかし、残念ながら、土井洋介は、すでに、死亡していた。話を聞くことができない。

捜査会議で、十津川は、三上刑事部長に訴えた。

「何とかして、川辺新太郎から、話を聞きたいんですが」

「それは、五年前の漢方薬さわぎと、川辺新太郎の関係だろう?」

「そうです」

「関係があるという証拠は、見つかっているのか?」

「五年前の厚生大臣が、川辺新太郎です」

「それだけか?」

「厚生大臣ですから、問題の漢方薬について、さまざまな指導ができたはずです」

「その力を使ったという証拠は?」

「残念ながら、見つかりません」

「それじゃあ、駄目だな。現在も、問題の『生命丸』は、製造、販売されているのか?」

と、逆に、三上が、きいた。

「現在は、販売されている様子は、ありません」

「それに、川辺新太郎は、今は、厚生大臣じゃない。せめて、現在も『生命丸』が、製造、販売されていて、川辺新太郎が、今も、厚生大臣なら、何とか、問題にできるかもしれないがね」

「しかし、五年前のことを調べて行くと、あの漢方薬の製造、販売が、突然、中止になったのも、不思議なんです」

と、十津川は、言った。

「どう不思議なんだ?」

「確かに、怪しげな漢方薬でした。末期ガンに効く漢方薬だということでしたが、本当に効いたという確証もありません。しかし、禁止薬じゃありませんし、売れに売れてもいたんです。それなのに、発売後、一年も経たないうちに、製造、販売が中止されてしまったんです」

「君は、中止を命じたのが、川辺新太郎だと思っているのか?」

「そうです」

「なぜ？」

「他に、命令できるような関係者は、見当たらないからです」

「どうも、君の話は、中途半端だな。全て、憶測《おくそく》で、証拠はない。それでは、とても、川辺新太郎や関係者の尋問は無理だよ」

と、三上は、笑ってから、

「私も、川辺新太郎には、興味があるから、ちょっと調べたがね。五年前、彼が厚生大臣の時、問題の漢方薬について、製造、販売の中止命令を出した事実はない」

「それは、私も、わかっています」

「それなら、この件で、川辺新太郎に、疑問は、持てんだろう。厚生大臣の地位を利用して、中止させたのなら、今でも、なぜ中止させたのか、理由を聞いてもいいが、何もしなかったんだからね。何もしなかったことで、事情聴取は出来んよ」

と、三上は、言った。

十津川は、捜査会議のあと、上村警部に、電話をかけた。

こちらの苦戦を伝えると、上村は、

「こちらも同じです。五年前の事件については、捜査をやってきませんでしたから、今になって、改めて捜査をするといっても、なかなか、協力してくれません」

「一つ、聞きたいんですが、五年前、『生命丸』という漢方薬が売れていましたが、突然、製造、販売を中止してしまいました。誰が、中止したんでしょうか?」

「こちらでは、三浦製薬の社長ということになっています。三浦社長自身も、そう言っています」

「しかし、まだ、売れていたんでしょう?」

「そうです。不思議に売れていました」

「それなのに、どうして、中止してしまったんでしょう?」

「私が、聞いたところでは、『生命丸』は、製造を続けるつもりだったが、資金を提供してくれた人との間で、問題が生まれ、詐欺みたいにいわれたので、嫌になったんだと、言っていましたね」

「しかし、詐欺で訴えられても、結局、彼は、無罪になっていますよね？」

「そうです」

「それなのに、なぜ、折角儲かっている漢方薬の製造、販売を、中止してしまったのか、不思議ですね」

「しかし、本人が、止めたかったというので、それ以上、突っ込めません」

「現在、三浦製薬は、確か健康食品を作っているんでしたね？」

「それと、平凡な漢方薬です。どちらも、問題はありません」

「儲かっているんですかね？」

「あまり、儲かっているようには、見えません」

「それなら、やはり、なぜ、問題の漢方薬、『生命丸』の製造、販売を止めてしまったのか、不思議ですね」

「私も、不思議です」

「川辺新太郎という政治家を、知っていますか？」

十津川がきくと、上村は、あっさり、

「知っていますよ。この地元出身で、高山市議から、無所属で、衆議院議員選挙に立候補し、当選した男です。その後、保守党に、鞍替《くらが》えして、七期連続当選しています。元厚生大臣で、今や、保守党の第二派閥を率いる、有力代議士ですよね？」

「そうです」

「彼が厚生大臣の時、富山と、高山で、講演しているんです。五年前です。高山の講演は、聞いていますが、確か、今後は、漢方薬の良さを、見直すべきだという話でした」

「五年前の例の『生命丸』さわぎの時ですか？」

「いや、その二、三ヵ月前です」

「漢方薬さわぎに、川辺新太郎が、関係があるとは、思いませんか？」

「それは、どうでしょうか」

と、これも、上村は、あっさり否定した。

「厚生大臣が、一つの薬を推選したりしたら、それだけで、大臣失格ですよ。クビですよ」

確かに、そうなのだ。

川辺が、関係していたという証拠は、ないのである。

結局、十津川も、上村も、地道な捜査を続けるということにしたのだが、いっこうに、事件の核心に、近づけそうな気がしなかった。

気落ちしていた十津川に、川辺代議士を探っていた日下刑事から報告が入った。

「川辺の二十人の秘書の中に、一人、前科を持っている、三十代の男がいます。片岡克彦《かたおかかつひこ》という男です。その男は、昔、未成年の時、強盗殺人の罪を犯しています。未成年ということで、少年院に送られ、社会復帰してからは、川辺の秘書になったそうです。川辺の後援者だったという、少年の父親が、息子を更生させようと、川辺に頼んだようです。ですが、その後も、窃盗事件や暴力沙汰などを起こして、その都度《つど》、川辺が揉み消してやっていた。秘書団では、厄介者《やっかいもの》という存在でした。しかし、川辺は、この男を可愛がっていて、男も川辺の命令だけは、何でも受け入れていたと言います。おそらく、土井洋介や、佐々木恵美を殺した実行犯は、この男だと思われます」

「よく調べてくれたな。しかし、推測だけでは逮捕は出来ない。それだけ、素行の悪い男なら、なにかしら、これからも問題を引き起こすだろう。その時、別件逮捕できるよう、四六時中、男を監視してくれ」

十津川は、目の前が開けてきた思いがした。

そんな時、捜査本部にいた十津川に、友人の中央新聞記者田島から、電話が入った。

「ニュースを見たか？」

と、いきなり、田島が、きく。

「テレビは見ていないが、どんなニュースだ？」

「君にとって、いいニュースだと思う。大友首相が、急死した。七十五歳。急性心臓マヒだ」

「大友首相が、死んだのか？」

と、十津川は、おうむ返しに、言ったのだが、君にとって、いいニュースだという田島の言葉の意味の方は、わからなかった。

「なぜなんだ？」

と、十津川が、きくと、

「今日の夕食をおごれ。それまでには、君にとって、本当にいいニュースかどうか、はっきりするから」

と、田島は、言う。

「じゃあ、新橋のK亭で、中国料理。午後七時」

と、決めて、十津川は、電話を切った。

新橋駅近くのK亭は、十津川が、よく、利用する中国料理店である。

十津川は、早めに行き、二階の個室で、田島を待った。

田島は、五、六分、おくれて、やって来た。どこかと携帯電話で話しながら、部屋に入ってくると、電話を切った。

「予想どおりだよ。とにかく、君のために、ビールで乾杯だ」

田島は、勝手に言い、ビールの栓を抜いた。

「何が、予想どおりなんだ？」

「保守党は、この際、総裁選をやると、決めた。二ヵ月後に、ワシントンで、G8の首脳会議が予定されている。議題の一つは、日本政府の円安誘導を懸念《けねん》するということだから、日本だけ、首相が欠席というわけにはいかない、ということだ。そのため、三週間後、国会議員の投票だけで、やることになったそうだ」

「私が見たニュースでは、まだ、決まってなかったが」

「それが、決まったんだ。明日、告示されて、投票は三週間後。それまでは、副首相の井上《いのうえ》が、首相代理をつとめ、全閣僚は、それまで留任。だから、おめでとうだよ」

「どこが、おめでたいのか、証明してくれ」

「君の狙いは、川辺新太郎だろう？」

「そうだ」

「川辺は、現在、第二の派閥のリーダーで、必ず保守党の総裁になって、日本の首相になることを、折にふれて、言明している」

と、田島は、言う。

「それは、知ってるよ。政治家は、誰だって、日本の首相になりたがるものだろう？」

「だが、今まで、第一派閥のリーダーで、保守党の総裁であり、日本国の首相の大友幸行がいたんだ。その大友が死んだんだ。川辺の芽が出てきたんだ。川辺はさっそく、総裁選への立候補を言明した」

「それで、川辺は、勝てそうなのか？」

「微妙なところだね。川辺の引っ張る派閥は、二番目だからね。それに、保守党の総裁選ともなれば、大きな金が動く。殊に、今回の総裁選の直後に、衆議院の総選挙が控えている。なおさら、金が要る」

「つまり、資金の豊かな派閥が有利ということだな。川辺は、どうなんだ？」

「あの派閥は、金蔓《かねづる》が一番少ないと言われている」

「そうか」

「それでも、川辺は、今度こそ、最大のチャンスだと、考えている。だから、君に、おめでとうと、言ってるんだ」

田島は、料理が、運ばれてきても、大声で話を止めなかった。

「早く、おめでとうの証明をしてくれ」

と、十津川が、言った。

「今も言ったように、川辺新太郎は、総裁選に勝って、日本の首相になろうと、必死だ。それなのに、川辺の派閥には、金蔓が少ない。私の見たところ、唯一の、頼りになる金蔓は、五年前の漢方薬だ。あの漢方薬は、売れたと言われている。となれば、今回も、川辺は、同じ手を使って、金を集めると、思っている」

「そうだな」

十津川が、肯《うなず》くと、田島は笑った。

「案外、頭の回転が、おそいんだな」

「しかし、金の動きが、よくわからない。あの漢方薬を製造、販売した三浦製薬の社長は、意外に、儲けていないんだ。それに、出資者が消えたということもあったらしい」

「つまり、そうした金は、全て、川辺新太郎のふところに、入ってしまったと考えていいんじゃないか。だから、川辺は、保守党第二の派閥の長になれたんだ」

と、田島が、言った。

少しずつ、十津川の頭も、廻り始めた。

五年前、川辺新太郎は、厚生大臣だった。その権限を利用して、三浦製薬の社長を、押さえつけ、儲けのほとんどを、川辺が吸い取ったのだろう。

三浦製薬への資金援助といっても、その大部分は、土井洋介の億単位の金である。土井は、もともと、川辺の後援会に入っていたのだから、川辺が、おいしい将来の約束を口にして、大金を巻きあげたのではないか。

「五年前と同じことが、再現されると、見ていいんじゃないか」

と、田島が、勢い込んでいう。

「君は、五年前の事件で、捜査が難しいと、弱音を吐いていたが、間違いなく、そっくり同じことが、起きると思っている。川辺新太郎は、金のため、また、三浦製薬に、似たような漢方薬を作らせる。舞台は、高山だろうが、今回は、欲しい金額が五年前より多いので、広域でやるだろう。それだけ、君に、チャンスが生まれるんだ。それから、もう一つ、良いニュースがある。君から頼まれていた、川辺の内情に通じている男が、見つかったよ。三十年近く、川辺の政策秘書をやっていた、岡野健治《おかのけんじ》という男で、四年前、川辺と袂《たもと》を分かったそうだ。いつでも、川辺について、話してくれると言っているよ」

と、田島は、言った。

翌日、高山の上村から電話が、入った。

彼の声も、弾《はず》んでいる。

「三浦製薬が、また、ガンへの免疫力を高めるという、漢方薬の製造を始めましたよ。五年前の『生命丸』より、二倍の効能があるそうです」

「そうですか。とうとう、始めましたか」

「嬉しいじゃありませんか。向こうから、五年前の再現をやり始めたんですから」

　上村の声は、更に、弾んでいた。

第六章　対決へ

1

猛烈な宣伝が始まった。

しかし、そのやり方は、きわめて、慎重だった。

大新聞や中央のテレビには、広告をあまり載せず、もっぱら高山周辺の新聞やテレビで、「八尾で、奇跡的に、ガンに対する免疫力を、高める漢方薬が開発された」と、宣伝した。

そうしたほうが、抵抗が少ないと、考えたのだろう。まず、前と同じ口コミである。

その後で、五年前に、宣伝に動いた女優や売れなくなった、お笑いタレントが、八尾周辺で、ガンに対する効能があるという漢方薬が、開発されたということで、現地を訪れ、工場を視察するという形だった。それをドキュメント風に仕立て、地元のテレビ局の、深夜番組で流しはじめた。

一行の中には、日本における漢方薬の権威のS大、大久保教授も、入っていた。五年前と同じである。

一行は、高山市内の漢方薬を扱っている薬局を、訪ねて廻り、そこで売られているガンへの免疫力を高める漢方薬について、いろいろと話を聞くという構成に、なっていたが、やはり、S大の大久保教授の動きや発言が、メインだった。

大久保教授が、いう。

「私は、これが、ガンへの効能がある、漢方薬だとは、最初のうちは、考えていませんでした。ところが、研究所でのハツカネズミの実験を見て、正直驚きました。何しろ、わざと腫瘍《しゅよう》を作ったハツカネズミに、あの漢方薬を飲ませると、一週間もしないうちに、腫瘍が小さくなっていくんですからね。これは、実際に、それを見た者でなければ、信用できないでしょう」

十津川は亀井と、新しい漢方薬、「新生命丸」の売れ具合を見るために、高山に出かけた。

高山に着くと、二人はまず、柴崎薬局に向かった。

柴崎憲子が、店にいた。

店の中を見回したが、問題の漢方薬の宣伝ポスターは、どこにも、見当たらなかったし、商品そのものも、置いていなかった。

「今回、新しく、開発された末期ガンにも効能があるという漢方薬、『新生命丸』は、ここでは扱っていないんですか？」

十津川が、きくと、憲子は、首を横に振った。

「五年前のことがあるので、ウチでは、とても扱えません」

と、言う。

「お兄さんの史郎さんは、たしか、五年前のあの騒ぎの時に、亡くなられたんでしたね？」

「ええ」

「自殺だったと、聞いたのですが、本当ですか？」

「どうして、お兄さんは、自殺したんですか？　あの時、あの『生命丸』を扱っていたからですか？」

「それもあります」

「ここでは、あの漢方薬を扱いましたが、佐々木恵美さんのところでは、扱いませんでしたね？　そのことも、お兄さんの自殺の理由に、なっていたんでしょうか？」

「兄だって、できることなら、自分の店では、あの漢方薬は、扱いたくないと思っていたんです。信用していませんでしたから」

「それなのに、どうして、お兄さんは、自分が、気に入らない漢方薬、売りたくない漢方薬を、五年前に、この店で、扱うようになったんですか？」

「この高山の町には、全部で、五軒の漢方薬を扱う店があるんです。兄は、漢方薬局で作る組合の役員をやっていたのです。あの漢方薬は、信用ができないので、できれば、扱いたくはないと、言っていたんですが、いろいろと圧力がかかってきて、それで、仕方なく、ウチでも扱うことにしたんです」

「本当です」

と、憲子が、言う。

「圧力というと？」

「組合は、あの『生命丸』を店に置くようにという指示を、出していましたから」

「地元出身の川辺新太郎議員の圧力も、あったんじゃありませんか？」

「ええ、あの頃、川辺さんは、全国漢方連合組合の顧問をしていて、漢方薬の活用を言っていましたから」

「あの騒動の後、川辺は厚生大臣になった。今、彼は、首相の地位を狙っています」

「今、兄が生きていたら、何というかしら？」

「あの時の、お兄さんは、いろいろ圧力があって、イヤイヤながら、あの漢方薬を、扱ったんですね？」

「そうです」

「しかし、佐々木恵美さんの店では、あの漢方薬を扱うことを、拒否しました。それで、佐々木薬局は、いろいろと、いやがらせを受けていて、そのことにも、お兄さんは、責任みたいなものを感じていて、それが、自殺につながったんでしょうか？」

「おそらく、そうだろうと思います。兄は、恵美さんのことを、愛していましたから」

「今回も、組合のほうから、圧力がかかっているのではありませんか？」

と、亀井が、きいた。もちろん、その背後には、川辺新太郎の圧力があるだろう。

憲子が、小さく笑った。

「たしかにいろいろありますけど、私はもう、覚悟が、できています。いざとなれば、この店を、閉めたっていいんですから」

と、憲子が、言った。

「ほかの店では、『新生命丸』を扱っているんでしょうね？」

「ええ、もちろん」

「問題の薬を扱うと、店にとっては、得になることが、あるみたいですね」

十津川が、きいた。

「ええ、大きなバックマージンがあるって、聞いています」

と、憲子が、言った。

ここまでは、五年前の確認だった。これからが、勝負だと、十津川は、思っている。

2

二人は、ほかの漢方薬の店を、回ってみた。

「新生命丸」の大きなポスターが、他の店には例外なく、店の、いちばん目立つところに、貼られていた。

中に入ってみると、クマザサのエキスを使ったササヘルスという飲み薬や、百草という名前の、漢方薬があり、これは下痢や食あたりなどに効果があると、書いてあった。

ほかには、百草丸という、胃腸薬があり、また、新生熊胆という、これは二日酔いや、胃痛に効くという漢方薬も、置いてあって、その薬の袋には「本物のクマの胆を使っています」と、書いてある。

そうした、いかにも、漢方薬らしい漢方薬は全て、隅に、追いやられて、棚には、ずらりと「新生命丸」の大きな袋が、並んでいた。

店内に貼られたポスターには、「末期ガンの患者の免疫力を高める奇跡の漢方薬・新生命丸」とあり、S大の大久保教授の大きな顔写真が載っていて、「漢方薬の世界的権威、S大の大久保教授推薦！　奇跡の新生命丸」という文字も見えている。

全三店が、全く同じ、感じになっていた。とにかく、ガンへの免疫力を上げる、画期的な、新しい漢方薬「新生命丸」を、何とかして一粒でも多く売ろうとする姿勢が、露骨に見て取れた。

たぶん、売れた場合の、店側の利益も大きいのだろう。

漢方薬専門の店だけでなく、一般の薬局までが、この「新生命丸」を、大々的に、売り出していたし、宣伝ポスターも、そのまま、使っている。

十津川と亀井は、その一般薬局に入って行き、

「この『新生命丸』という漢方薬ですが、本当に、効くんですか？」

十津川が、意地悪く、店の主人に、きいた。

「ええ、もちろん効きますよ」

店の主人が、笑顔を作り、明るい声で、言う。

「どうして、効くと、わかるんですか？」

「だって、実験で、腫瘍が、きれいになくなっていますからね」

「でも、それは人間ではなく、ハツカネズミを使って行った、動物実験でしょう？　その実験だって、本当にやったかどうかはわかりませんよ」

「たしかに、そうかもしれませんが、とにかく、この漢方薬を、買いたいという人は、たくさんいるんですよ。前にアメリカで、これこそがガンの、特効薬だという薬が売り出されたことがありましたが、あれだって、実際には、効かなかったと言われています。末期ガンに対する、ほかの薬だって、本当に、効果があるかどうかは、実際のところ、よくわからないんですよ。つまり、それだけ、ガンに対する、薬というものは、ほかの薬に比べても、難しいものなんです。ガン自体が変化しますから。あなたは、さっきから、『新生命丸』に、ケチをつけていますが、まだ売り出されたばかりですからね。これからですよ、この薬が、本当に効くかどうかがわかるのは」

「まだ効果がよくわからないのに、売っているんですか?」

十津川は、呆《あき》れてしまった。

3

二人は、高山市内のホテルにチェックインし、ホテル内のレストランで、夕食を取った。

翌日、昼近くになって、三上刑事部長から電話が入った。

「今、下呂温泉に来ている。泊まっているのは『星のひかり』という、下呂温泉では、有名な旅館の一つだ」

と、いきなり、三上が、言った。

「部長は、どうして、下呂温泉に、来られたんですか?」

「厚生大臣を、やられたことのある川辺先生が一緒だ。川辺先生は、君に会いたいと言っておられる。だから、これからすぐ、下呂温泉に、来てくれ。『星のひかり』という旅館だから、間違えるな」

それだけいうと、三上は、十津川の返事も聞かずに、さっさと、電話を切ってしまった。

十津川は、亀井を高山に残し、一人で、下呂温泉に向かった。一人の方が、いいと思ったのだ。

下呂の駅前から、まっすぐ伸びる道を、ゆっくりと歩いていく。

温泉街を二つに分けて、流れている益田川《ますだかわ》に架かる橋、いでゆ大橋と呼ばれるその橋を、十津川は、渡っていく。

下呂温泉という名前から、鄙《ひな》びた温泉を、想像する人もいるが、大きな今風のホテルもあるし、どちらかといえば、近代的な温泉街である。

旅館の数は、約四十軒。中でも「星のひかり」という旅館は、いちばん豪華な、全室ベッド付きの離れになっている宿である。その一つ一つの離れが広い。

十津川は、その「星のひかり」で、もっとも広い離れに通された。

部屋には、三上刑事部長と、代議士の川辺新太郎がいた。

十津川が、二人に、挨拶して座り、仲居が酒を運んでくると、なぜか、三上がさり気なく、席を外した。たぶん、三上は、十津川が来たら、席を外してくれと、川辺新太郎に、頼まれていたのだろう。

川辺が、十津川に、酒を勧《すす》めた。

「申し訳ありませんが、私は酒が飲めないので」

十津川が断ると、川辺は、手酌《てじゃく》で飲みながら、

「今度の政変で、私が、党の総裁に推《お》される可能性が、出てきた」

「そういう話なら、私も聞いております。おめでとうございます」

十津川が、逆らわずに、言った。

「もし、私が総理になったら、今のこの日本を、大きく変えようと思っているんだ」

「どんなふうに、変えようと、お考えになっているんですか？」

「まず、安全を考える。国家としての安全、国民の安全、そして、家庭の安全だ。そのためには、私は、警察官の数を、増やしたいと思っている。現在、全国には、約二十万人の警察官がいるが、少なくとも、その二割は増やしたいのだ。多くの犯罪を防ぐことが、できるし、安全も確保できる。さっき、同じことを話したら、

三上刑事部長も、私の考えに、賛成してくれたよ。もちろん君だって、警察官の増員には、賛成だろう？」

「もちろん賛成です」

「しかし、それを、実現するために、私が、党の総裁になり、総理にならなければならない。そのためには、どうしても金がいるんだ。ただ、誤解のないように、いっておくが、総裁の椅子を、金で買おうと思っているわけではない。このことは、わかってくれるね？」

「はい、わかります」

「そうか、わかってくれるか。やはり君に会ってよかったよ。私の言いたいことが、わかってくれたようで、本当によかったよ」

川辺は、一人で勝手に納得し、満足した表情になると、席を外している、三上刑事部長を呼んだ。

「今日、十津川君と、話ができてよかったよ。私が今、政界で、いろいろと、苦労していることを、十津川君も、わかってくれたらしい」

川辺が、一人で肯いていた。

三上が、十津川を促《うなが》して、旅館「星のひかり」を出た。

「私は別に、川辺代議士の話に、納得したわけじゃありません。あれこれと自分の地元で、詮索《せんさく》するのはやめて、手を引けということでしょうが、捜査の手抜きなど、できません」

二人になると、十津川が、三上に、言った。

「もちろん、わかっている。ただし、今回の二つの殺人事件は、どちらも、東京で起きているんだ。つまり、東京が、現場だ。それなのに、君も、亀井刑事も、東京を離れて、こちらに来ている。おかしいじゃないかね？　どうして、君たちは、東京で、捜査を進めないんだ？」

三上が、言った。

「たしかに、二つの事件は、刑事部長がおっしゃった通り、どちらも、東京で起きています。しかし、捜査を進めていくと、事件の根が、高山か、あるいは、高山本線に、あるような気がして、仕方がないのです。ですから、しばらくは、高山本線の沿線で捜査を続けるつもりでいます」

「私が、すぐ東京に、帰れと命令してもダメかね？　高山での捜査を、続けるつもりかね？」

「刑事部長には、申し訳ありませんが、まだ、こちらで、調べたいことが、いくつかありますので」

と、十津川が、言った。

「それでは、仕方がないな。君のやりたいように、やりたまえ。ただ、川辺先生とは、なるべく、顔を合わせないように注意しろよ」

と、三上刑事部長が、言った。

4

十津川が高山駅で、降りると、亀井が、迎えに来ていた。

「どうしたんだ？」

と、きくと、

「御園生加奈子が、ここ高山で、見つかりました」

と、言った。

「見つかったって？　彼女、この高山に、来ているのか？」

「そうです。親友といわれている田中久美と一緒です。久美が本所の実家に、電話してきたら、警察に知らせるように、警部が頼んでいたので、祖母が、警察に、連絡してきたそうです。それで、高山にいることが、わかったんです。」

「話を聞きたいが」

「彼女が泊まっている旅館は、わかっていますから、これから、彼女に会いに行きませんか？」

と、亀井が、言った。

御園生加奈子が、親友と一緒に泊っている旅館は、市内を流れる飛驒川に架かる中橋の近くにある旅館だった。

ちょうど、夕食の時間だったので、十津川は、旅館近くで飛驒牛を食べさせる料亭に、二人の女性を、誘ってご馳走することにした。

十津川が、加奈子を見て、

「君が突然、行方不明に、なったので、伯父さんの、土井さんが、私立探偵に頼んで、君のことを探させた。私たちは君が、何らかの事件に、巻き込まれたのではないのかと思ったんだが、そんな、感じは全くない。そこが、どうしても、わからないんだが、あの行方不明は、いったい、何だったのかね？」

と、きくと、
加奈子は、ちょっと、笑顔を見せて、

「あれはデタラメ」

と、笑った。

「デタラメって、どういうことかね？」

と、十津川が、きいた。

「伯父さんから、六本木のバーのママさんと、再婚すると聞いたので、二年後、私が成人した時、本当に、両親の遺産をもらえるのか、心配になったの。私がいなくなったら、伯父さんが、どういうことをするのか、それを見てみたかったから、姿を隠して、しばらく、わざと、連絡しなかったの。伯父さんの行動を、監視していたの。そうしたら、やっぱり、伯父さんは、私立探偵に頼んで、私のことを探させたわ」

「やっぱりというのは？」

「伯父さんは、私のことが、心配だとか、いつも言ってるけど、私の両親の財産を、自分勝手に、使っているの。今度だって、私が、失踪したと思っているのに、自分で探そうとはしなかった。私立探偵に探させておいて、自分は、この高山に、来たり、この先の、越中八尾に行ったりしてる。伯父さんは、五年前もそうだった。私の両親から、二億円ものお金を、騙し取って、どこかに注ぎ込んだのよ。たぶん、まだ、生きていたら、両親が、私のために残してくれた遺産も、きっと何かに注ぎ込んだはずだったわ」

「もう一つ、聞きたいんだが、失踪中に、私立探偵の、佐々木恵美に会わなかったかね？　伯父さんから、君を探すように頼まれて、動いていたはずの、女性の、私立探偵なんだがね」

「あの女性の、私立探偵なら、見たことがあるわ。でも、あの探偵さん、少しおかしかったわ」

「おかしいって、どこがだ？」

「だって、伯父さんから、私を、探すように頼まれていたんでしょう？　それなのに、東京を、探さないで、いきなり、この高山に、やって来たんだから。私は、子供のころ、よく、母親に連れられて、高山のおばあちゃんの家に、遊びに行ってたわ。そのおばあちゃんは、とっくに亡くなったけど、行くんだったら、懐かしい高山にと、思ったの。だから、ビックリしたわよ。私が高山にいるのが、どうしてわかったのかと思って。でも、違っていた。彼女は、なぜか、知らないけど、伯父さんのことを尾行していた。伯父さんを、尾行して、越中八尾にも、行っているの。その後を、私がつけたから、何だか、おかしかったわ」

「しかし、土井さんに、頼まれて、彼女は、君を探していた筈なんだよ」

「でも、あの私立探偵さん、どう考えても、私を探すふりをして、伯父さんのことを、調べていた。そうとしか、思えない」

「その伯父さんが、先日、東京で、殺されてしまったが、何か、君は、知らないか？　もし、何か、知っていることがあったら、隠さずに、教えて欲しいんだが」

「伯父さんが、誰かに、殺されるなんて、考えてもいなかったから、ニュースで伯父さんが殺されたと知って、驚いて、家に戻ったの。でも、私の両親の遺産を、勝手に使ってしまうような人だから、きっと誰かに恨まれるようなことを、してたのよ」

と、加奈子が、言った。

「君は、どうして、この高山に、こだわるんだ？」

「今話した通り、亡くなったおばあちゃんが高山に住んでいて、子供のころ、よく遊びに来てたの。おばあちゃんは、私を高山の古い街並みや、白川郷などに、連れて行ってくれたの。それで、私も、自然に高山の町や、白川郷が好きになってしまって。だから、伯父さんを尾行して、高山に着いた時には、ちょっとビックリしたの」

と、加奈子が、言った。

「伯父さんは、あなたとは違った理由で、この高山と、この先の越中八尾に、興味を持ったんだ」

と、十津川は、言った。

「君たちは、これから、どうするつもりだね？」

亀井が、加奈子に、きいた。

「私は、越中八尾には興味がないから、明日になったら、久美と二人で、白川郷と、五箇山にでも、行ってみようかなと思ってるの」

と、加奈子が、言った。

5

翌日、十津川は「高山通信」という地元の新聞を出している高山新聞社に行ってみた。

高山新聞社は、市内の雑居ビルの中にあった。

「先日、問題の漢方薬、『新生命丸』をハツカネズミで実験したところ、腫瘍が、小さくなったという話を聞いたんですが、この町のどこで、実験をやったんですか？」

十津川が、きいた。

「高山でいちばん大きなK病院が、付属の研究室を、持っているんです。その研究室で実験をやりました。その時、新聞記者は、取材に行きましたよ」

と、記者の一人が、言った。

「それは、どんな、実験だったんですか？」

「ハツカネズミに、人工的に、腫瘍を植えつけておいて、問題の漢方薬を、溶かして、そのハツカネズミに飲ませたら、たしかに、数日たつと、腫瘍が小さくなっていたように見えましたね」

と、記者が、言う。

その病院の場所を、教えてもらい、十津川と亀井は、訪ねてみた。

たしかに大きな病院で、記者が言っていたように、付属の研究室が、設けられていた。

ふたりは、その研究室に行き、研究室長に話を聞いた。

「たしかに、おっしゃるような、実験をやりましたよ。ウチも、ガンの研究をやっているので、ハツカネズミに、わざと、腫瘍を作ってから、さまざまな薬を、与えて、その効果を、試しています。あの時は、元厚生大臣の川辺先生も見えましてね。『越中八尾にある三浦製薬という会社で、画期的なガンの薬を、開発した。「新生命丸」という漢方薬で、その漢方薬の効き目を、この研究室で、試してもらいたい』と、川辺先生が、言われたんですよ。それで、いつものように、ハツカネズミを、使いましてね。腫瘍を作っておいてから、あの代議士の先生が、持ってきた漢方薬を溶かして、そのハツカネズミに、たしか、三回にわたって飲ませ、結果を見たら、間違いなく、腫瘍が、小さくなっていました。あの効果に、私も、ビックリしましたよ」

「たった数日で、腫瘍が、小さくなったんですか？　どうにも、信じられませんが、本当ですか？」

「いや、数日というのは、さすがに、無理で、一週間弱、かかりました。それでも大した成果ですよ。本当に、ハツカネズミの、腫瘍が小さくなったんですからね」

「それで、そのハツカネズミは、どうなりました？」

「まだ、元気に生きていますよ」

研究室長は、そのハツカネズミを、十津川たちに、見せてくれた。

たしかに、元気いっぱいに、カゴの中を、走り回っていた。

「その後もずっと、この、ハツカネズミには、問題の、漢方薬を与えているんですか？」

「いや、今はもう、与えてはいません。あの時の実験で、薬の効果は、わかりましたからね」

「実験に、何か不正があったとは、思いませんか？」

「不正って、何ですか？」

と、室長が、きく。少し、不機嫌になっている。

「今、さまざまな抗ガン剤が出ているでしょう？　特に、アメリカでは、実に多くの抗ガン剤が、出ています。その中で、いちばん効果のある抗ガン剤というものがあるはずで、それを漢方薬に見せかけて、実験に使った。そうすれば、元々、その薬は、かなりの効果がある薬だから、それを溶かして、飲ませて、ハツカネズミの腫瘍が、一時的に、小さくなっても、それは、別に、不思議ではないんじゃありませんか？」

と、十津川が、言った。

「たしかに、アメリカで最近、新たに開発された抗ガン剤で、実験したところ、腫瘍が小さくなって、政府の認可が下りて、現在、売られている、薬があります。刑事さんのおっしゃる通りですよ。しかし、その薬と、例の、漢方薬とをすり替えて、どんな意味が、あるというんですか？」

室長が言う。

「宣伝ですよ、宣伝。とにかく、あの漢方薬を売りたい人間が、いるんです。そこで、ガンへの免疫力が上がるという証拠が欲しかったんじゃないですかね？その一方、日本でいちばん、死亡率が高いのは、何といっても、ガンですからね。特に、末期ガンを、宣告された病人は、自分は、もう助からないと、考えてしまう。そういう人たちにとっては、ガンに効くという、ウワサの薬があれば、たとえどんなに高価でも買って、飲むか、注射するでしょう。私は、二つの薬が、すり替えられた可能性が、大変高いと、思っているのです」

十津川が、言うと、室長は、首をかしげて、

「ウチの病院に、実験を依頼してきたのは、元厚生大臣の川辺新太郎さんという地元の政治家の先生ですよ。先生は昔から、厚生族一筋でこられた人ですから、地元八尾の製薬会社が作った新薬の薬効を、知りたかったんですよ。そんな人が、薬を、すり替えて、私たちに、実験をやらせたりするでしょうか？　第一、なぜ、川辺先生が、そんなことをしなくてはいけないんですか？」

「ですから、宣伝なんですよ。三浦製薬と組んで、何とかして、あの漢方薬を、売りたい。それには、確実に、ガンに効果があるという証明が必要です。だから、それを、この病院に、依頼したんですよ」

「どうして、ウチに？」

「東京で、そんな、実験をやろうとしても、ここの先生方のように、純粋で、何の疑いも持たない、そんな先生ばかりではないから、東京で、変な実験をやれば、疑惑の眼が向けられてしまう。それで、わざわざ、この病院で、実験をやったんだと思います。薬をすり替えても、誰も疑いを持たないだろうと、賭けたんですよね。実験がうまくいけば、あの漢方薬は、絶対に、売れる。そう考えたに、違いありません」

「では、われわれは、何を、どうしたらいいんですか？」

室長が、不安そうな目で、十津川に、きいた。

「川辺代議士の名刺を、もらっていますか？」

十津川が、きいた。

「ええ、もらっています」

「その名刺にある電話番号に、電話して、もう一度、問題の、漢方薬で動物実験をしたいと、言ってもらいたいんですよ」

「それだけでは、相手はたぶん、もう実験はいいと言うんじゃないですかね？」

「それなら、こういうことにしてください」

と、十津川が、言った。

「実は、問題の漢方薬の、ウワサが、東南アジアにも、広まって、多くの国から、ぜひ、自分のところでも、『新生命丸』を使って、治療をやりたいと言ってきている。ただ、その際、動物実験のデータをいただけないか。承認に必要となるというのだが、ウチでは、すでに前回の実験データは、全て、破棄してしまっていて、もう一度、前回のような、実験をしたいので、『新生命丸』が欲しい。そう言ってください。もちろん、市販されている『新生命丸』も実験してください。おそらく、私の推測では、川辺代議士は、実験データが欲しいために、あなたに依頼した『新生命丸』に、特別な細工をしていると思われます。実験で持ち込まれた『新生命丸』と市販されている『新生命丸』とは、まったく、別物ではないかと考えているのですが、その二つを比較実験して、確かめたいのです」

「なるほど。たしかに、その手がありますね」

と、室長が、やっと、賛成してくれた。

6

保守党の総裁選挙は、三週間後と、発表された。

それと同時に、漢方薬「新生命丸」の宣伝は激しくなり、販売は、えげつなくなっていった。

「新生命丸」が、末期ガンに有効だという証拠として、K病院の研究室で実施した実験が、テレビで、度々、放映された。

五年前と、同じように、「絶対に儲かる事業」として、「新生命丸」の製造が、大きく宣伝され、資金の提供者が、募集された。

明らかに、金集めである。

それも、生臭い政界の党首争いのための資金である。もちろん、川辺新太郎も、立候補していた。

候補者は、三人。ウワサでは、今のところ、川辺新太郎は、二番手だという。総裁選が終わったあとには、時を置かずして、衆議院の総選挙がやってくるだろう。

いくら金があっても、足りないのだ。

派閥の長としては、その時、立候補者に、いくらぐらいの選挙資金が渡せるかによって、信頼の度合いが決まる。

総裁選に投票する保守党議員たちは、明らかに、大臣や政務官の椅子を意識し、そのあとの総選挙を睨《にら》んでいる。

つまり、総選挙に勝てる新総裁を、選びたいのだが、その選ぶ基準の中には、どのくらいの選挙資金を、支援してくれそうかということがある。

現在、川辺は、二番手だが、末期ガンに効能があると謳って売る、「新生命丸」で、もし、莫大な資金を手にすることが出来れば、川辺新太郎は、いちやく、総裁争いのトップに躍り出るだろう。

そして、日本に、新しい首相の誕生ということになるだろう。

「必死なのは、わかるんですが、今回のやり方は、少しばかり、えげつないです」

と、上村警部が、十津川に言った。

「五年前の時は、努めて、川辺新太郎の名前が出ないようにしていたんですが、今回は、平気で表に出て来ています。もちろん、保守党の総裁選の立候補者として、各地で演説してるんですが、その中でも、時々、『新生命丸』の宣伝を口にしています。ほとんどの人が、『新生命丸』と、川辺新太郎の関係を知りませんから、静かに、聞いていますが、からくりを知っている私なんかは、えげつないなと、思ってしまいます。それで、川辺新太郎が、総裁選に勝つ可能性は、あるんですか？」

「今のところ、二番手ですが、一番手の渡辺康成《わたなべやすなり》に、急接近しているという話もあります」

「急接近の理由は、何ですか？」

「これは、あくまでも、ウワサですが、こんな話も聞いているんです。保守党の総裁選は、全議員の投票で決まるんですが、まだ、誰に投票するか、決めていない議員がいるんです。それで、川辺新太郎の個人秘書が、その一人一人を呼んで、総裁選で、考えてくれれば、総選挙では、選挙資金を、用意すると約束したり、今回、ある有力後援者が投資した新薬が、大当たりして、その莫大な利益が、川辺グループの選挙資金として、提供される予定だと、話しているというんです」

「まるで、買収ですね。そんなことが、許されるんですか？」

「川辺新太郎本人が、やっているわけではなくて、あくまでも、彼の個人秘書が、勝手にやっているということになっていますからね。それでも、問題化したら、秘書を馘《くび》にして、終わりでしょう」

「少しばかり、腹が立ってきました」

と、上村は、言った。

このあと、十津川は、K病院の研究室に、電話をした。

室長に向かって、

「先日約束した通りに、実行してください。お願いします」

と、告げた。

「結果は、川辺先生に報告してもいいんですね？」

「構いません。但し、成分の分析結果は、私にだけ、教えてください」

と、十津川は、念を押した。

そのあと、十津川は、いったん、東京に戻った。

中央新聞の田島に連絡し、川辺の元秘書だったという、岡野健治に、会うことになった。

「私は、川辺が高山市議だったころから、彼の秘書をやっていました。若いころの川辺は、正義感が強く、理想に燃えていましたので、私は生涯、彼を支えていこうと、心に決めていました。その後、国会議員になり、徐々に、議員としての存在を高めていきました。それにともなって、若い議員たちが、彼の下に集まってきて、政策集団が出来上がったのです。最初は、川辺を慕ってくる若い議員たちの、面倒を見ていたのです。しかし、そのうちに、川辺は派閥を拡大して、保守党の実力者として、君臨したいという、野望を持つようになったのです。総選挙となれば、配下の議員に軍資金を配布したり、自分の秘書たちを、選挙の応援に派遣し、世話をしなければならないわけです。これから、総理総裁を狙うとなれば、先立つものは、金です。四億、五億といった金が、飛ぶように出ていくのです。五年前、彼は総理大臣を目指すと宣言し、総裁選に立候補しました。結局、敗北しましたが、その時の奮闘により、党内で力を認められ、厚生大臣になることができたのです。彼は、私設秘書の中田勲《なかだいさお》を通して、後援者の土井洋介に、資金作りを、頼んでいました。当時、土井はゼネコン不況で、とても資金を調達できないと、断って来たのですが、川辺は、『儲ける手段は、自分が考えている。しかし、自分が表に出ることはできないから、君がやってくれ。決して、君に損をさせることはない』と、再三、土井に頼んだそうです。川辺の市議時代の後援者である、三浦が、八尾で、製薬会社をやっているので、そこに二億円出資すること。ガンに対する免疫力を画期的に高める漢方薬が、近々製造販売されるので、ブームになることは間違いない。半年もすれば、資金は数倍になって、返ってくるから、君は心配しなくていい。そう言われて、土井は二億円を工面して、三浦製薬に出資したのです。その薬は、川辺が言ったように、売れに売れまくって、莫大な利益を上げたようです。私は政策秘書だったので、蚊帳《かや》の外に置かれていたのですが、ある日、土井が私に会いに来て、『先生の要望で、画期的な漢方薬というものに出資したが、どうも、インチキな薬としか思えない。薬の購買者たちが騒ぎ出しているので、一刻も早く、手を引きたい』と、言うのです。私はビックリして、川辺に、このまま販売を続けていたら、いずれは民事事件になり、最後は刑事事件になる。厚生大臣どころか、国会議員も辞めざるを得なくなると、忠告しました。川辺は、打ち出の小槌《こづち》ともいうべき薬の販売中止を、嫌がっていましたが、結局、不承不承、私の勧告に従いました。突然、薬が販売中止になったのは、それが理由なのです。その後、私は川辺に疎《うと》んじられましてね。政策秘書を解任され、私設秘書に格下げになったのですが、バカらしくなって、彼のもとを去ったのです。土井も、いつまでも、川辺に付き合っていると、身の破滅になると思ったのか、川辺の事務所には、あまり顔を出さなくなったと聞いています。その後、川辺の資金作りに貢献した、中田勲という男が、私に代わり、政策秘書になったんです」

（五年前、突然、「生命丸」という漢方薬が、販売中止になった謎は、これだったのか）

と、十津川は、納得した。

「もう一つ、お聞きしたいのですが、川辺さんの私設秘書の中で、片岡克彦という男を、ご存知ですか？」

と、十津川は、きいた。

「ええ、名前だけは、知っています。先程、お話しした、川辺の裏資金を担当する中田勲の配下です。議員会館にある川辺の事務所には、顔を出さず、もっぱら、中田の下で、働いていたようです。なんでも、前科がある男で、命令されれば、殺人だって、やりかねない乱暴者だと、聞いていますが、中田は、そんな男を、二、三人雇っていて、上手く操っていたそうです」

「川辺の命令となったら、盲目的に従いますか？」

「当然ですよ。ある意味、川辺は片岡にとって、恩人ですからね。川辺や中田あっての、自分だということは、理解していますよ」

「土井洋介を殺せと、命令されれば、彼らは実行しますかね？」

「ええ、五年前の漢方薬さわぎで、土井は目が醒《さ》め、川辺から離れようとしていました。あれ以来、献金なども、ほとんどしていなかったようです。今回また、総裁選を控えて、莫大な資金が必要になった川辺は、土井に資金を出させようとして、断られてしまったんでしょう。なんでも、土井は、姪の後見人になって、莫大な金を自由に使えるようになっていたそうですから、危険な橋は、渡りたくなかったんでしょう。そうなると、川辺にしてみれば、資金作りのカラクリを熟知し、証拠書類まで持っている土井は、危険な存在ですからね。言うことを聞かないなら、口を封じてしまえ、ということにもなるかもしれない」

と、岡野健治は、言った。

(川辺から、資金作りを任されていた、私設秘書の中田勲に、指示がいき、中田が片岡克彦に、土井洋介を始末するように、命令したことになる)

十津川は、岡野健治に、裁判になった時は、証人になってくれるように頼み、礼を言って、警視庁に戻った。

そして、片岡克彦を追っている、日下刑事の報告を聞いた。

「片岡は、自宅のアパートの近くにあるコンビニで、ナイフを店員に突き付け、強盗未遂事件を起こしています。逃げる姿が、防犯カメラに写っていました。他に、彼は、週に二、三度、墨田区の雑居ビルに足を運んでいました。そのビルは、佐々木恵美が突き落とされたビルです。そこを調べたら、十階に、川辺の秘書、中田勲の個人事務所があることが、わかりました。事件当時、十階は空き部屋ばかりだったので、気にも留めていませんでした。そこでビルのオーナーに聞いたところ、看板を出していない借主がいて、『中田政治経済研究所』を名乗っているそうです」

「じゃあ、彼女からの電話が切れる直前の『なか』という言葉は、『中田政治経済研究所』のことを、言おうとしていたのかもしれないな。佐々木恵美は、事務所の存在を突き止め、川辺新太郎の足もとまで迫っていて、殺されたのだろう」

と、十津川は、言った。

「片岡は、どうしますか？」

「なるべく早く、強盗容疑で、逮捕してくれ。別件逮捕だと、マスコミに非難されるかもしれないが、締め上げて、なにがなんでも、土井洋介と佐々木恵美殺しを、白状させるんだ」

と、十津川は、強い口調で言った。

保守党の総裁選挙が、迫っているので、特定の候補だけ、警察が捜査しているというウワサが立つと、選挙妨害になるとの批判があったので、三上部長は、慎重になっていた。

「向こうは、どんな具合だ？」

と、三上が、きく。

「そうですね。なぜか、『新生命丸』が売れて、活気がありますが、裏側を知ってる者から見れば、チミモウリョウが、動き廻っています。そのボスは、川辺新太郎です」

「川辺新太郎が、総裁選に勝利したら、自然に、首相になる。そして、総選挙だ。そうなると、川辺新太郎に、手が出せなくなる」

「明日、もう一度、高山へ行かせてください」

と、十津川は、言った。

「ただ、もう、保守党の総裁選の二週間前だぞ」

「だから、行って来たいんです」

「理由は？」

「川辺新太郎は、五年前に、後援者の土井洋介を使い、同じような漢方薬ブームを起こして、多額の利益を得たのに、ある日、突然、そのブームの火を、自分で消してしまいました。このままでは、下手をすると、自分の尻に火がつくと、思っての行動です。今回は、総裁選が、かかっていますので、巨額の資金が必要となります。五年前は、土井洋介を使って、資金作りをしましたが、今回は、川辺本人が、乗り出してくるはずです」

「わかった」

三上は、珍しく、あっさりと、了解した。おそらく、彼自身が、川辺代議士から、捜査への圧力をかけられたことに、内心、腹を立てていたのだろう。

7

翌日、十津川は、亀井を連れて、高山に向かった。

東京駅から、名古屋に行くために、新幹線「のぞみ」に乗ると、なぜか、近くの指定席に、柴崎憲子がいた。

憲子の方から、声をかけてきたので、十津川は、座席を向かい合わせにして、亀井と、彼女から、話を聞くことにした。

「今日は、何処からの帰りですか？」

と、十津川が、きくと、

「東京へ、川辺新太郎先生に、会いに行ったんです」

と、言う。

「川辺新太郎議員に、何の用が、あったんですか？」

「五年前のことを、どうしても、川辺先生に、お聞きしたかったんです」

「会えましたか？」

「いいえ、川辺先生は、総裁選で忙しいと、秘書の方に言われました」

「何を、聞きたかったんですか？」

「それは、言えません」

と、憲子が、言う。

十津川は、それ以上、追及せずに、代わりに、

「あなたに、教えて貰いたいことが、あるんですよ」

「私に、答えられることですか？」

「佐々木恵美さんは、死ぬ前に、事務所に電話してきて、『なか——』とだけ、いって、電話が切れてしまったんですが、この『なか——』の意味がわかりますか？」

十津川がきくと、憲子は、

「まったく、私には、なんのことだか、わかりません。彼女から、電話が来た時にも、聞いたこともありません」

と、言い、急に黙ってしまった。

憲子は、川辺の秘書、中田勲のことは、知らない様子だった。

亀井も、黙って憲子を見ていたが、彼女が、何か木片を、胸のポケットに差しこんでいるのに気がついて、

「それは何ですか?」

と、きいた。

憲子が、それを、手に取って、亀井に見せてくれた。

きれいに、先を尖《とが》らせた、木製のペーパーナイフである。

「先日、高山市内の、文房具屋で見つけて、買ったんです。飛騨の材木、特に、イチイの木を使って、作ってあるんです」

飛騨は、木材で有名だが、こんな小さなものも作っているのだ。イチイは、強いことで知られている。

「どうして、ペーパーナイフなんか、買ったんですか？」

「私って、昔から、文房具が好きなんです。自分にも理由は分からないんですけど、なぜか、文房具が好きなんですよ。だから、時々、意味もなく、巻き尺を買ったりするんですけど、先日は、このペーパーナイフが気に入って、買ってしまいました」

と、憲子が、言った。

「あなたは、東京に、川辺新太郎に会いに行ったと、言いましたね」

と、十津川が、言った。

「ええ」

「これから、高山に帰るんでしょう？」

「ええ、川辺先生に会えないのなら、高山へ帰るより仕方がありませんわ」

「高山に帰れば、川辺新太郎に、会えるかも知れませんよ」

と、十津川は、言った。憲子は、びっくりした顔で、

「どうして、高山で、川辺先生に会えるんですか？」

「何となく、今日は、川辺新太郎が、高山にやってくるような、気がしているん

です」

「そうなったら、嬉しいんですけど」

と、憲子は、言った。

名古屋に着くと、三人は、高山本線のホームに向かった。

ホームには、すでに、特急「ワイドビューひだ」は、入線していた。

すぐ発車というので、三人は、あわてて、最後部の車両に飛び乗った。

とにかく、座席に腰を下ろすと、とたんに、十津川の携帯電話が、鳴った。

私立探偵の橋本豊からだった。

「名古屋で、ちらりと、警部や、亀井刑事を、見かけたんですが、あのまま、『ワイドビューひだ』に乗られたんですか?」

「君も、この下りの『ひだ』に、乗っているのか?」

「二号車に乗っています。この車両の半分が、グリーン車で、私は、指定席の方にいます」

「二号車で、何をしているんだ?」

「現在、尾行中です」

「尾行？　ひょっとして、川辺新太郎の尾行じゃないのか？」

「よくわかりますね」

「私も、川辺新太郎が、なぜか、今日は、高山や、その周辺に、行くんじゃないかと、思っていたんだよ。今から、そちらの車両に行く」

十津川は、亀井と、憲子の二人にも、この列車に、川辺新太郎が、乗っていることを告げた。

十津川たちが、乗っていた「ワイドビューひだ」は、高山行で、四両編成、二号車の半分が、グリーン席、半分が、指定席になっている。

橋本は、どうやら、その指定席の方にいるらしい。

十津川たちは、最後尾の一号車から、二号車に移動した。

やはり、橋本が、いた。

橋本は、ドアの向こうに、眼をやった。

「向こうのグリーンに、川辺新太郎が、乗っています。秘書一人が一緒です」

「君は、なぜ、川辺新太郎を尾行しているんだ？」

「佐々木恵美が、自殺に見せかけて殺されました。彼女は、ビルの屋上から墜落して死んだことに、なっています。しかし、ビルのオーナーは、別にいますが、実は、先日死んだ、土井洋介が社長をやっていた、土井建設が作ったビルなんですよ。ですから、佐々木恵美の死には、土井洋介が、絡んでいるのではないのか？　その後ろには、川辺新太郎が、いるのではないか？　そう考えると、真相を知っているのは、土井洋介が死んでしまった今、川辺新太郎だけだと、思ったんです。彼を尾行すれば、佐々木恵美が、死んだ真相がわかると思って、今日は、ずっと川辺新太郎を尾行しているのです」

と、橋本が、言った。

「君の言うとおり、佐々木恵美さんが、転落死した雑居ビルに、川辺の有力な秘書が、研究所を持っていたんだ。彼女は、そこまで真相に、迫っていたんだ。だが、彼らに見つかって、殺されてしまった。実行犯は、その事務所に出入りしていた片岡克彦という男だろう。今、日下刑事たちが、逮捕に向かっている。その男が、自白するのも、時間の問題だと考えている」

と、十津川は、言った。

「こちらの憲子さんも、川辺新太郎に訴えたいことがあると、言ってる」

と、十津川は、眼で、憲子を橋本に示した。

憲子の顔が、変わっていた。明らかに、グリーン席に川辺新太郎がいるとわかって、興奮しているのだ。

橋本は、心配して、憲子に、言った。

「向こうのグリーンに、川辺新太郎が、いますが、秘書が一緒です。あの秘書は、身体つきもがっしりしていて、明らかに、ボディガードも、兼ねていると思います。だから、いきなり川辺にぶつかっていくのは、危険ですよ」

憲子は、黙って、聞いている。

十津川は、憲子たち、三人に向かって、

「川辺新太郎は、間違いなく、終点の高山まで、行くはずだ。時間は、たっぷりあるから、川辺にどう対応したら、彼が一番困るか、それを、考えようじゃないか」

と、言った。

橋本と、亀井が、話し始めた。もともと、二人は、警視庁捜査一課の同僚だったから、話が、弾んだ。

十津川の携帯電話に、電話が入った。

Ｋ病院の研究室からだった。十津川は、隣の一号車に移って、聞くことにした。

「川辺先生には、動物実験の結果を、もう報告しました」

と、室長が、言う。

「川辺代議士の反応はどうでした？」

「大変、喜んでいらっしゃいました」

「私がお願いした、『新生命丸』の分析の方は、どうでした？」

「私から見ると、この結果の方が、興味がありましたね。これから、詳しく説明します」

「ちょっと、待ってください。録音します」

十津川は、録音ボタンを押してから、

「お願いします」

室長の説明は、かなり長い、詳細なものだった。

それが終わると、今度は、日下刑事から、電話が入った。

「片岡克彦の身柄を、自宅のアパートで、確保しました。押し入れから、佐々木恵美が持っていた電子手帳と、土井の刺殺に使われたと思われるナイフも、見つかりました。これで、事件の解明は、一挙に、進むでしょう」

と、日下が、言った。

「そうか。これで、奴らの尻尾を摑んだな。後は、川辺や中田に命じられたという供述を、取ってくれ」

と、十津川は、言った。

十津川が二号車に戻ると、橋本と亀井は、まだ、話を続けていた。

しかし、憲子の姿が、ない。十津川がいうと、二人は、顔色を変えた。

「グリーン車に行ったんですよ。心配だから、連れ戻して来ます」

と、橋本が、立ちあがるのを、十津川が、止めた。

「他の乗客もいる中で、川辺新太郎も、秘書も、手荒なマネは、しないだろう。彼女は、余程、川辺新太郎に対して、言いたいことがあるんだろう。しかし、なにが起こるか、わからんから、一応、カメさんに行ってもらおう。君は探偵だから、いざという時に、睨《にら》みは効かんからね」

と、言った。

第七章　たったひとりの風の盆

1

憲子は、緊張のためか、やや、青ざめた顔で、グリーン席に、入って行った。

乗客は、五割くらいだろうか。

一番遠いところに、座席を向かい合わせにして、川辺新太郎と、彼の秘書が座っているのが、眼に入った。

憲子は、つかつかと、川辺のところに近寄っていくと、

「川辺新太郎先生ですね？」

と、声をかけた。

眠っていたらしい川辺は、目を開け、チラリと、憲子を見てから、

「たしかに、川辺だ。申し訳ないが、あなたのことは、よく知らないが」

と、言った。

「私のことをご存じだろうとなかろうと、そんなことは、どうでもいいんです。でも、五年前のガンへの免疫力を高めるという漢方薬の騒ぎについては、もちろん、お忘れじゃないですよね？　今でも、しっかり、覚えていらっしゃるはずです」

憲子が、強い調子で、言うと、

「中田君、五年前の事件というと、いったい、どんな事件だったかね？　君は、知っているかね？」

川辺は、わざと、呆《とぼ》けて、目の前にいる秘書の中田勲に尋ねている。

中田は、憲子に向かって、

「五年前というと、川辺先生は、厚生大臣をなさっていた時だから、あの頃は、公私ともに、とにかく、お忙しかったはずで、君のいう、ガンに効能がある漢方薬の騒ぎといっても、先生は、ご存じないと思うよ」

と、言った。

中田の言葉を無視して、憲子は、目の前の川辺を睨んだ。

「あなたは五年前、三浦製薬の社長や、土井建設の社長と組んで、効きもしないガンの特効薬と称して、漢方薬を大量に作り、それを、高い値段で売りさばいて、大儲けを、なさいましたよね？　まず、それを素直に、認めていただきたいんです。あなたのおかげで、何人もの、犠牲者が、出ています。高山の町にある私の家だけでも、私の兄は、自殺し、母も病死して、友人の両親も、不審な死を遂げています。すべてはあの『生命丸』が原因なんです。もちろん、川辺先生が、ご自分で、手を下したとは思っていませんよ。きっと、誰かに命じてやらせたに違いないんです。もしかすると、そこにいらっしゃる秘書さんが、やったんでしょうか？　もし、そうなら、今からすぐ、お二人で、警察に、出頭して、真相を、話していただきたいんです。聞いたところでは、今度また、あなたの差し金で、三浦製薬に、ガンに効果があるという触れ込みで、新しい漢方薬を作らせ、それを宣伝して、売り出して、いらっしゃるというではありませんか？　医者に見放されたガン患者が、ワラにもすがる気持ちで、あなたがたが作ったインチキ漢方薬を、高い値段で買い、飲んでいるんですよ。そのことについて、申し訳ないとは、思わないんですか？」

「君！」

川辺は、秘書の中田に、声をかけて、

「申し訳ないが、この女性の言っていることは、私には、全く、理解ができんのだ。だから、君が、隣りの三号車に、お連れして、ゆっくり、聞いてあげなさい」

と、周囲の乗客を気遣うように、言った。

「ウソをつかないでください」

憲子は、川辺に向かって、前よりも強い調子で、言った。

「五年前のあの事件では、全て、あなたが背後で、指揮を執《と》っていた。そのことは、ちゃんとわかっているんですよ。末期ガンで苦しんでいる人を、さらに苦しめて、あなたや、三浦製薬の社長さん、土井建設の社長さんなんかは、ボロ儲けをなさったんですよ。そして、今度もまた同じようなことを繰り返して、犠牲者を出しても、構わないと、思っていらっしゃるんですか？　今度も、三浦製薬が作った、効果のない漢方薬で、また、大儲けをなさるおつもりなんでしょう？　政治家の先生が、どうして、そんなことができるんですか？」

「中田君！」

川辺が、声が、大きくなった。

素早く、中田秘書が立ち上がり、憲子の腕をつかんで、強引に、隣りの三号車に、引きずっていった。

2

中田は、デッキまで、憲子を引きずっていくと、急に、冷酷な表情になって、

「いいかね、川辺先生は、とにかく、お忙しい方なんだ。日本国のために、大切な仕事をしていらっしゃる。だから、おまえの、訳のわからない、たわ言を、聞いているような、そんなヒマはないんだ。おまえには、次の駅で、降りてもらう」

「私は、降りませんよ。川辺先生に謝ってもらうまでは、絶対に、この列車を、

降りませんから」

「おまえは、どうして、そんなにバカなんだ？　五年前のことを、くどくどいっているが、いいかね、川辺先生は、五年前の事件とは全く無関係だ。警察から、事情聴取を受けたこともないんだ。おまえのいうことは、川辺先生にとって、迷惑だし、ほかの乗客にも、迷惑だ。次の駅で降りてもらおう。降りたくないといっても、私が、引きずってでも、降ろす。その結果、おまえがケガをしたとしても、それは、おまえ自身の責任だ」

と、中田が、言い、抵抗する憲子の左頰を、拳で思いっきり殴りつけた。その衝撃で、憲子の顔面に青アザが浮かび上がった。

中田は、デッキの壁に、くずおれる憲子の体を押さえつけるようにして、列車が、次の駅に停車するのを、待ち構えた。

次の瞬間、その中田は、ものすごい、悲鳴を上げて、顔を押さえ、その場にしゃがみ込んでしまった。

中田の顔に、イチイの木で作られたペーパーナイフが、突き刺さっていた。

その一部始終を、デッキに駆けつけた亀井が、目撃していた。

3

それでも、中田は、痛みをこらえながら、何とか立ち上がると、逃げようとする憲子の髪をつかんで、今度は引きずりながら、グリーン車に、戻っていった。

亀井も、その数メートル後を、追いかけていく。

中田の顔からは、大量の血が、流れている。

血だらけの中田の顔を見て、グリーン車の乗客の間から、悲鳴が上がった。

川辺も、中田の顔を見て、

「どうしたんだ？」

と、怒鳴《どな》る。

中田は、憲子を通路に引き倒すと、片手で、目の縁に、突き刺さっているペーパーナイフを抜き取って、それを投げ捨てた。

「この女は、私を殺そうとしたんですよ。次の駅で、殺人未遂容疑で、警察に突き出していただきたい」

叫ぶように、中田が、乗客たちに、言った。

その騒ぎを聞きつけて、隣りの車両にいた十津川と橋本が、何事かと、グリーン車に入ってきた。

「私は、この男が、憲子さんを殴っているところを、見ています。何よりも、憲子さんの顔にあるアザが、それを物語っています。暴行傷害罪を問われるのは、この男ですよ」

と、亀井が、十津川に、囁いた。

「憲子さんの顔のアザを、カメさん、携帯で撮っておいてくれ。後で、傷害の証拠になる」

と、十津川が、言った。

十津川たちを見て、川辺が、大きな声を出した。

「ちょうどいい。君たちは、たしか、警視庁の刑事だったな?」

「先日、下呂温泉でお目にかかった、警視庁捜査一課の十津川です」

「今、この女が、私の秘書を、殺そうとして、持っていた、ナイフを、秘書の顔に突き立てたんだ。少しでも、横にずれていたら、たぶん、目の玉に、突き刺さっていただろう。恐ろしい女だ。殺人未遂の現行犯で、すぐ、逮捕したまえ」

十津川は、素早く、周囲の状況を見て、川辺に、言った。

「それより先に、秘書の方を、救急車で、病院に運んだほうがよさそうですよ」

と、言い、亀井に、

「カメさん、車掌を、呼んできてくれ」

と、言った。

そんな十津川に向かって、川辺は、さらにイラついた様子で、

「もちろん、病院に行くことも必要だが、その前に、この女を、殺人未遂で逮捕したまえと、言っているんだ。私の言うことが聞けないのか？」

と、大声を出す。

亀井が、車掌を連れてきた。

「いったい、どうされたのですか？」

車掌も、顔色を変えて、十津川や川辺の顔を見回した。

「そこにいる女が、私の秘書を殺そうとしたんだ。そこに、血のついたナイフが落ちているだろう。あれを使って、秘書の眼を突き刺そうとしたんだ。幸いなこ

とにちょっとずれたから、よかったが、明らかに殺人未遂だ。すぐ、次の駅に、パトカーを用意させておきたまえ。私は、元厚生大臣の、川辺新太郎だ」

川辺が、車掌に、言った。

「パトカーは必要ないよ」

と、そばから、十津川が、言った。

「病院での治療が、必要だから、救急車を一台用意してくれるように、次の駅に伝えてください」

と、十津川が、付け加えた。

「まもなく、飛騨金山《かなやま》に着きますので、ここで、緊急停車をしましょう。その様子では、救急車は必要だと考えますが、パトカーは、どうなんですか？」

と、車掌が、川辺を見る。

「パトカーが必要なのは、私の秘書ではなくて、私の秘書を、殺そうとした、そこにいる女だ。ホームに地元の警察を呼んで、すぐ逮捕して、連行するようにいたまえ」

川辺が、命令口調で、言った。

「パトカーは必要ありませんよ。柴崎憲子は、あなたの秘書に、暴行され、殺されるかと恐怖を感じた。そして、無我夢中《むがむちゅう》で、木のナイフで抵抗した。その結果、秘書がケガをしたが、これは彼女にとっては、正当防衛に当たる。むしろ、私は、あなたの秘書を傷害罪で、逮捕したいぐらいです」

と、十津川が言い、今度は車掌に向かって、警察手帳を見せ、

「顔から血を流している。その男を病院に運ぶため、救急車を、要請してください」

と、言った。

だが、川辺が、

「救急車とパトカーだ。国会議員の私が命令しているんだぞ。君には、それがわかっているのか?」

と、怒鳴る。

それに合わせるように、中田は、ハンカチで目元を押さえ、唸り声を発している。

車掌は、やたらに、あわてていた。

それに対して、十津川は、

「川辺先生に、一つ、ご忠告しておきますが、もし、次の駅に警察を呼んで、その女性を逮捕させようとなさったら、私が、今回の末期ガンに、効くという、漢方薬騒動が、いかに、インチキで、不正が行われているか、その不正の背後に、あなたがいらっしゃることを証言しますよ。あなたと、三浦製薬の社長とが組んで、問題の漢方薬について、ハツカネズミを使った実験をされたが、その実験が、いかに、いい加減で、インチキなものか、私は、その証拠を、しっかり握っていますからね」

と、川辺を脅《おど》かした。

川辺の顔に、急に、不安の影がよぎっていく。

そうしている間に、列車は、飛驒金山に到着し、そこで、緊急停車した。

ホームに、救急隊員が待っていて、顔面が、血で真っ赤の、中田秘書を、担架に乗せると、駅前に待たせてあった、救急車に運びこんでいった。

川辺新太郎は、十津川の言葉が衝撃だったのか、憲子を、警察に、逮捕させることは、すっかり、忘れてしまったようで、口にしなくなった。

代わりに、十津川に向かって、

「私には、君の言っていることが、よくわからんのだが、私にも、納得できるように、説明してくれないかね？」

と、言った。

列車は、飛騨金山を、出発すると、再び、高山方面に向かって、走り始めた。

十津川は、川辺の前の席に、向かい合って、腰を下ろした。

「あなたが音頭《おんど》を取って、五年前と同じように、三浦製薬で、ガンへの免疫力を高めるという漢方薬を製造し、販売することになりました。ただ、五年前のニセ特効薬騒動のことがあるので、あなたは、積極的に、問題の漢方薬を使った動物実験をし、それを放送することにした。高山市内にあるK病院の研究室に、問題の漢方薬、『新生命丸』を持ち込んで、三日間にわたって、ハツカネズミを使った実験をした。あらかじめ、腫瘍を作っておいた、ハツカネズミに、問題の漢方薬を溶かして、飲ませたところ、腫瘍が小さくなり、それが、放送された。そのおかげで、『新生命丸』は、評判となり、大きく売れ行きが伸びている。しかし、私には、この動物実験が、いかにも、胡散臭《うさんくさ》く思えて、仕方がなかったんですよ。

そこで、もう一度、『新生命丸』という名前の漢方薬で、動物実験をしてもらうことにしたんです。ただ、もう一度、動物実験をといっても、あなたも、三浦製薬の社長も、拒否するに、決まっていましたからね。そこで、私は、K病院の研究室の室長と示し合わせて、ワナを、仕掛けたんですよ」

「ワナって、いったい何のことだ?」

「問題の漢方薬が、最近になって、東南アジアの国々でも、注目されるようになってきた。もし、再度、動物実験に成功すれば、東南アジアの国々でも、治療薬として、使われるようになる。東南アジアには、何億人もの人間が、住んでいるから、末期ガンの恐怖にさらされている患者も、何十万人、いや、何百万人いるか、わからない。その人たちの多くが、『新生命丸』を買うに違いない。そんな美味《おい》しい話を並べ立てて、あなたと、三浦製薬の社長に、もう一度、動物実験をしたいので、『新生命丸』を送ってくれるようにと頼んだんですよ。案の定、あなたは、もっと、金儲けがしたくて、東南アジアに持っていけば、何百万人もの、ガン患者が、この漢方薬を買うに違いないという言葉に誘われて、すぐ秘書に、『新生命丸』を持ってこさせました。そして、再び、K病院の研究室で、ハツカネズミを使った動物実験をすることになったんです」

「そんな話は、聞いたことがないな。東南アジアの話しは、今、初めて聞いたよ」

「本当ですか？」

「そんなことで、嘘をついても、仕方がないだろう」

「では、これを、聞いてください」

十津川は、自分のスマートフォンを取り出して、録音の再生ボタンを押した。

K病院研究室長の声が、流れてくる。

「私が、東南アジアのガンのお話をすると、川辺先生も、乗り気になられまして、秘書の方が、『新生命丸』を、持って来られました。そこで、前と同じ、ハツカネズミを使った、動物実験を行いましたが、第一回の時と同じ結果が出ました。その結果をお知らせしたところ、川辺先生は大変喜ばれて、その実験を録画したものを、ぜひ、欲しいといわれ、秘書の方が、来られたので、お渡ししました」

十津川は、録音を止め、

「いかがですか？」

と、川辺を見た。

川辺は、笑って、

「いや、申しわけない。忘れていた。同じ実験を二度、K病院にお願いしたので、それが、ダブってしまったんだ。しかし、いいじゃないか。二度にわたって、『新生命丸』のガンに対する免疫力が高まる効果が、証明されたんだから」

「実は、私も、K病院の研究室に、お願いしていたことがあったんですが、その結果も、知らせてきました」

「なんの実験かね？」

「もちろん、『新生命丸』の実験です。ぜひ、聞いて頂きたい」

十津川は、もう一度、再生ボタンを押した。

4

再び、研究室長の声が、流れた。

「もちろん、同じ、川辺先生の秘書が持って来られた『新生命丸』を使った、成分の分析です。慎重に行いました」

「その結果を、教えてください」

「大変、面白い結果が出ました。現在、世界中に何種類もの抗ガン剤が出ていますが、効かなかったり、強い副作用があったりするんですが、最近、アメリカで市販されたＡＺ２６５という抗ガン剤が、今のところ、もっとも成功した薬だといわれています。ガンを完治するところまでは、いっていませんが、腫瘍が、小さくなったという実験結果が、報告されているのです。川辺先生の秘書の方が持って来られた、『新生命丸』の成分を分析したところ、このＡＺ２６５と、全く同じ成分があることがわかったんです」

「面白いですね」

「念のため、市販されている『新生命丸』を買ってきて、その成分を調べたところ、いわゆる漢方と呼ばれる七種類の成分が入っていましたが、ＡＺ２６５の成分は、一種類も入っていませんでした。つまり、胃腸薬としては、効能がある漢方薬ということです」

「それは、どういうことですか？」

「はっきりしています。現在、市販されている『新生命丸』と、川辺先生の秘書の方が持ってきた『新生命丸』とは、全く違う薬だということです」

「それでは、市販されている『新生命丸』の方は、ガンに効くと思いますか？」

「こちらも、全く同じ動物実験をしましたが、腫瘍は、全く小さくならず、かえって、大きくなりました」

「その結果から、どんなことが、言えますか？」

「現在市販されている『新生命丸』と、川辺先生の秘書が持ち込まれた『新生命丸』は、全く別の薬だということです」

「なぜ、そんなことになるんでしょうか？」

「簡単なことです。川辺先生と秘書の方は、アメリカで、最近、抗ガン剤として市販されるようになったＡＺ２６５を買ってきて、多分、それを砕いて、『新生命丸』を作り、私どもに、動物実験をさせたんです」

「川辺先生側は、最初から、欺《だま》すつもりだったと、思いますか？」

「残念ながら、そう思わざるを得ません」

「どうして、そう断定できるんですか?」

「『新生命丸』は、今、たいていの薬局で売っています。その市販されているものを買ってきて、動物実験をするのが、一番公平じゃないですか。それなのに、秘書に持っていかせるので、その『新生命丸』で実験をして欲しいと言われたんです。それだけでも、おかしいじゃありませんか」

「確認しますが、川辺新太郎代議士が、電話でそう言ったんですね?」

「そうです」

「薬を持ってきたのも、川辺代議士の秘書ですね?」

「そうです。名刺を貰っています。中田勲という名前の秘書です」

「二回の実験についての、あなたの感想を言ってください」

「間違いなく、これは、詐欺ですね。AZ265というアメリカの薬と混ぜて、実験をしておいて、全く別の薬を売っているんですから」

「このことは、証言して頂けますか?」

「もちろん、喜んで」

5

「私を、欺してたんだな？」

川辺新太郎が、十津川を睨んだ。

「欺しましたが、あなたは、何万というガン患者と、その家族を、欺しているんですよ」

「私を、どうするつもりだね？」

「いずれ、近いうちに、逮捕します」

「何の容疑でかね？」

「詐欺行為はもちろんのこと、土井洋介と佐々木恵美殺害の教唆《きょうさ》容疑です」

「そんなことで、私が逮捕できるのか？」

「出来ます。先程、私たちは、あなたの私設秘書を名乗る片岡克彦を殺人罪で逮捕しました。証拠も揃っています。あなたの命令で、殺したという供述をとれば、いいだけですから、時間の問題です」

「バカなことを言うな。片岡などという秘書は、知らんよ。中田が勝手に雇って、私の秘書だと、名乗らせているんじゃないかね。私は、今、『ワイドビューひだ』に、乗っているだけで、何もやっておらん。それでも、逮捕できるのか？」

「現在、日本中の薬局で、末期ガンに効能があると称して、『新生命丸』という漢方薬が、売られています。一方、あなたの指示で、全く別の薬を、『新生命丸』といつわり、動物実験をやり、その結果をテレビで放映している。その放送を信じて、この瞬間でも、ガンに苦しむ人や家族が、『新生命丸』を買っているんですよ。つまり、詐欺が、今回も進行中なんです」

「バカな言いがかりは、止めなさい。私たちは、『新生命丸』が、ガンへの免疫力を高めると言っているが、ガンの特効薬だと言ったことなど、一度もない。たまたま、服用した人が、ガンが小さくなったと、言ったので、それが口コミで、全国に広まっていっただけの話だ。口コミで広がることに、責任はとれないよ。他にも、何か言いたいことがあるのかね？」

「他にも、あなたに、言いたいことがあります」

「この際、言ってみたまえ。聞いてやろうじゃないか」

「あなたには、殺人と放火の容疑がある」

と、十津川が、言う。

川辺が、笑う。

「私が、そんなバカなことをすると思うのか？」

十津川は、笑い返した。

「もちろん、あなたのような、したたかな政治家が、自分の手を汚す筈がない。顔を刺された中田という秘書がいましたね。他にも、二十人あまりの秘書がいると聞きました。その中には、勇ましい人間がいて、中田秘書を通して、汚れた行為を、やらせたんでしょう。違いますか？　自分の手を汚さないだけじゃない。あなたは、しっかりと、アリバイを作っているに違いない。だから、あなたは安心して、ノンビリしていられると思っている。だが、これからは、そういうわけにはいきませんよ。さっき病院に運ばれていった、中田秘書も、今は、あなたの、指示通りに動いているが、自分の身が、危うくなったら、どう出るでしょうか？　あなたに命令されて、片岡克彦に、土井と佐々木恵美の二人を襲わせたが、自分は主犯ではないと、言い張るでしょう。おそらく、あなたを平気で、裏切って、事実を証言するようになりますよ」

「殺人だ、放火だと、君は言っているが、私には、何のことだか、さっぱりわからん。これ以上、そんなことを言っていると、君を、名誉棄損《めいよきそん》で訴えるぞ」

「どうぞ。もう一人、ご紹介しましょう。この『特急ワイドビューひだ』に乗り込んできた橋本豊君です。そこにいて、われわれの話を聞いています。元は、警視庁捜査一課の刑事で、私の部下でしたが、現在は、私立探偵をやっています」

「私には、私立探偵の知り合いなど一人もいない」

「この橋本君と一緒に、私立探偵の仕事をやっていた、佐々木恵美という女性が、あなたか、中田秘書の命令で、自殺に見せかけて、殺されたんですよ。今になると、それが、あなたたち第一の失敗だったんです。なぜなら、同僚の私立探偵の仇を討とうとして、この橋本君が、猛烈な勢いで、走り廻って、あなたのことを調べたからですよ。たぶん、あなたは起訴され、法廷に立たされることになるでしょう。その時には、この橋本君が調べたことが、あなたを、追いつめていくはずです」

　十津川が、言うと、橋本が、川辺に向かって、言った。

「あなたは、殺された佐々木恵美という女性のことは、もちろん、ご存じですね？　あなたが、部下に命令して、殺させたんですからね」

「いや、全く知らん。佐々木恵美などという名前は、聞いたこともないな」

「彼女は、私立探偵をやりながら、五年前の事件について、一人で、調べていたんですよ。五年前、彼女が付き合っていた恋人が、突然、自殺したんです。原因は、あなたたちが、でっち上げた、末期ガンに対する免疫力を高めるという、あの漢方薬でした。薬局をやっていた佐々木恵美の父親は、店の火事で焼死し、その前には、軽自動車に乗っていた母親は踏切での事故死と、立て続けに亡くなりました。誰が見ても、不自然な事件でした。ただ、地元の警察は、犯罪とは見なかった。だからこそ、彼女は、一人で、コツコツと調べていたんですよ。そして、問題の踏切事故の際に、母親の軽自動車が、後続のトラックに、無理矢理、踏切に押し出された瞬間を、目撃した人がいたことを、突き止めているのです。間もなく、地元の警察が、その目撃者を見つけ出すでしょう。あなたは、三浦製薬の社長も知らないし、何の関係もないと、おっしゃる。また、土井建設の社長のことも知らないと。しかし、佐々木恵美は、あなたの行動を、チェックして、あなたと三浦社長が、談笑している写真や、あなたと、土井建設の社長が、仲良く、車に乗っている写真などを、こまめに、集めていたんですよ。彼女が撮影した何枚もの写真も、裁判では、重要な証拠として、採用され、おそらく、あなたを追いつめるはずですよ」

と、橋本が、言った。

列車は下呂に停まり、次の停車駅は、高山である。

亀井刑事が、

「この列車の車掌と一緒に、高山警察署に電話をしておきました」

と、言った。

6

川辺新太郎は、急に、自分の携帯電話を取り出すと、顧問弁護士のいる、東京の法律事務所に、電話をかけ始めた。

弁護士が電話口に出ると、川辺は、強い口調で、言った。

「私は今、高山本線に乗っている。秘書の中田が、狂人のような女から、顔にペーパナイフを、突き立てられてケガをし、病院に運ばれた。その上、この列車には、世間知らずの、やたらに正義感を振り廻す、警視庁捜査一課の刑事が乗っていて、私を近々、逮捕するといっている。どうやら、私を、逮捕して、高山警察署に留置するつもりらしい。だから、君もすぐ、こちらに、来てくれ。何人でもいい。事務所にいる全員で、高山にやって来て、私をすぐ、自由にして貰いたい」

「そこにいる警視庁捜査一課の刑事は、いったい何の罪で、先生を逮捕すると言っているのですか？」

と、弁護士が、きく。

「そんなことは、どうでもいい。とにかく一刻も早く、こちらに来て、私を釈放してくれれば、いいんだ。それくらいのことは、できるだろう。もし、こんなこともできないなら、そちらの事務所と、今後、全ての縁を切るぞ」

「御心配は、要りません。国会議員の逮捕は、国会の承認がなければ、できないのですから。その刑事と、電話を代わってください」

と、弁護士が、言う。

「私の弁護士が、君と話したいそうだ」

と、携帯を、十津川に、渡した。

「国会の承認なしで、議員を逮捕することは、出来ないことを、あなたは知らないのかね？　先生を脅しているつもりだろうが、そんなバカなまねをしたら、あなたは、必ず後悔することになるぞ」

と、弁護士が、言った。

十津川は、苦笑しながら、

「今すぐ、逮捕するとは、言っていませんよ。近いうちにということです」

と、言った。そして、川辺に向かって、

「それでも、あなたは、多分、保守党の総裁選から外されますよ。そうなれば、なんの力もない。ただの詐欺師になって、保守党からも見放される。その覚悟は、しておいた方がいいですよ」

と、十津川が、言ったとたん、川辺の顔色が急変した。

やはり、川辺新太郎の唯一の力のよりどころは、二週間後に決まる総裁選にあるのだと、十津川は、納得した。

7

高山のホームには、高山警察署の刑事が出迎えた。その中には、上村警部の顔もあった。

川辺新太郎は、迎えに来ていた三浦製薬や保守党高山支部の関係者たちと、駅を出て行った。それを見送って、

「三上刑事部長に頼んで、川辺新太郎の逮捕要請を、警視庁から国会に提出する。彼が、自由の身でいられるのも、長いことじゃないよ」

と、十津川は、亀井に、言った。

十津川は、高山署に行くつもりだったが、柴崎憲子は、ホームから動こうとしない。

「これから、越中八尾に、行きたいんです」

と、憲子が、言う。

そういえば、今日は、九月一日、「風の盆」である。

橋本に向かって、十津川が、言った。

「私は、高山署に行って、上村警部と、これからの段取りを、相談しなくてはならないが、君は、彼女と一緒に、『風の盆』に行って来い」

と、大声で、言った。

十津川の言葉に、亀井が、先にうなずいて、

「そういえば、今日は九月一日ですね」

「そうだよ。『風の盆』だ。柴崎憲子さんは、思い出を胸に秘めて、『風の盆』で踊りたいといっている」

「思い出というと、自殺したお兄さんのことですかね？」

「お兄さんと佐々木恵美さんの二人の思い出だと、言ってる」

「そうですか」

今度は、橋本が肯いた。

「つまり、私の知らない頃の佐々木恵美さんは、憲子さんのお兄さんと一緒に、越中八尾に行って、『風の盆』で踊っていたということですね？」

「そうだ、だから、君も一緒に行って来いと、言ってるんだ」

「警部は、一緒に行かないんですか？」

「私には、高山で仕事があるし、君たちほど、若くはない」

と、十津川は、笑った。

8

十津川と亀井が、上村警部たちと一緒に、高山警察署に行ったあと、橋本は、ホームで、越中八尾行きの列車を待った。

待っている間、橋本は、憲子に、きいた。

「あなたの亡くなったお兄さんは、佐々木恵美さんと一緒に越中八尾に行き、『風の盆』で踊ったんですか？」

「ええ」

「その時は、あなたも一緒に行ったんですか？」

「越中八尾には行きましたけど、もちろん、二人とは別のところで踊っていました。一緒に踊ったりしたら、おそらく、兄が嫌がったでしょうから」

と、言って、憲子が、笑った。

越中八尾駅に着くと、多くの乗客が降りた。誰もが、今日から始まっている「風の盆」を見物に来たか、あるいは、踊りに来たかのどちらかだろう。

すでに、太鼓や三味線、そして、「風の盆」のやさしい胡弓の音が、町中に流れていた。

橋本は、阿波踊りのほうは、あまりにも賑やかすぎるので、さほど好きにはなれなかった。

その点、「風の盆」は、これが同じ日本の踊りかと思うほど、阿波踊りとは、対照的に、美しく、哀しい。

憲子が、どこで、用意したのか、いつの間にか踊り子の衣装に着替えていた。和服姿になり、顔を隠す編み笠をかぶり、手には三味線を、持っていた。

橋本は、川原に腰を下ろし、闇の中から聞こえてくる三味線の音、太鼓の音、そして、鼓弓の音、静かな歌声を、じっと、聞いていた。

川の向こう岸を、たくさんの、踊り子が、ゆっくりと、踊りながら、通りすぎていく。その中に、憲子の姿もあった。

彼女は、どうやら、夜明けまで踊るつもりらしい。

橋本は、ふと、憲子が、どんな気持ちで踊っているのだろうかと、思った。

(彼女は、自殺した兄の史郎と、友人の佐々木恵美が、踊っていた姿を、思い出しながら、踊っているのだろうか)

佐々木恵美の日記によれば、彼女は、柴崎史郎と、二人で、「風の盆」を踊ったとあった。ひとりで、三味線を弾きながら、踊り続けている憲子は、彼女が、悲劇に終わった、兄と恵美のことを悼《いた》み、踊っているのだろうか。あるいは、亡くなった兄の胡弓に、自分の三味線を合わせて、踊っているのだろうか。

多分、その両方の気持ちで、今日は、夜を徹して踊るつもりだろう。

橋本は、立ちあがり、駅に向かって、歩きだした。

自分は、高山に帰った方が、良さそうだと思ったのだ。

駅に着いた。

すでに、午後十一時を過ぎている。

「まだ、高山に行く列車が、ありますか?」

と、きくと、駅員が、ニッコリ笑って、

「『風の盆』だけの臨時列車が出ています。九月一日と二日の二日間だけ走っています。この越中八尾を二十三時二十九分に発車して、行く先は、高山です」

橋本は、なんとなく、嬉しくなって、笑ってしまった。

解説

山前 譲
（推理小説研究家）

二〇一三年六月に有楽出版社より書き下ろし刊行された西村京太郎氏の長編ミステリーは、ちょっと変わったタイトルと言えるだろう。『私が愛した高山本線』——数多い西村氏の長編のなかでも、他に例のないパターンのタイトルである。いったい「私」とは誰なのか？ まずタイトルからしてミステリアスだ。

私立探偵の橋本豊が、仕事仲間の佐々木恵美と事務所を立ち上げた。「ツイン探偵社」と名付けたが、個人でやっていたときよりも信用が大きくなり、仕事も順調だった。その恵美が、大学一年生の御園生加奈子を見つけ出す特別調査を引き受ける。加奈子は夏休みを利用しての旅行に出かけたのだが、消息を絶ってしまったという。すでに加奈子の両親は亡くなっていて、依頼者は面倒をみている伯父の土井洋介である。

ところが、加奈子を探しはじめた恵美もまた、連絡が取れなくなってしまう。橋本は建設会社の社長をしている土井に話を聞くが、加奈子はまだ帰ってきていないとのことだった。すると翌日、なんとその土井が散歩中に刺殺されてしまう。捜査にあたるのは警察署と警視庁捜査一課の十津川班だった……。

私立探偵の橋本豊は十津川シリーズのレギュラー・メンバーである。かつては十津川班の一員だったが、私立探偵となった経緯は『北帰行殺人事件』（一九八一）や『下り特急「富士」殺人事件』（一九八三）に語られている。その後、請け負った調査が殺人事件に発展したり、十津川からの極秘の依頼を受けたりと、まだ十津川班の一員であるかのように、多くの作品に登場してきた。

この『私が愛した高山本線』では、佐々木恵美をパートナーにして事務所を構え、橋本の仕事に新展開を見せている。だが、消息を絶ってしまったその恵美の死体が、隅田川沿いのビルの裏で発見される。彼女の所持品には奇妙なものがあった。高山市の薬局の袋に入っていた漢方薬である。そんな薬を飲んでいることを橋本は知らなかったが、夫によれば恵美は高山出身だという。そこに何か事件解決のヒントがあるのではないか。十津川警部と亀井刑事が、そして橋本が、高山本線を走る特急「ワイドビューひだ」で高山市へと向かう。
こうして舞台は高山へと移るのだが、『西村京太郎サスペンス　十津川警部シリーズDVDコレクション　vol. 17』（二〇一四・四）に寄せたエッセイの冒頭で、西村氏はこう述べている。

高山には3回取材で行っている。高山経由（バス）で白川郷に行ったのをプラスすると4回である。ルートは極めて簡単で、名古屋からJR高山本線に乗ればいい。高山の先には、祭の「おわら風の盆」で有名な越中八尾があり、終点は日本海の富山である。しかし、行く度に不思議に思うのは、高山本線がなぜ今も単線・非電化のままなのかということである。

こうした不満を抱くほど馴染んだ路線なのだから、そして幾つもの作品で舞台としているのだから、高山本線を愛する「私」の候補としてまず挙げられるのは、やはり西村氏自身だ。
高山本線は、飛驒地方を縦断して岐阜市と富山市を結ぶ、総延長二二五・八キロメートルの鉄道路線である。南側は岐阜から高山線として、北側は富山から飛越線として延伸されていき、一九三四年十月に全線開通となった。現在、岐阜駅から猪谷駅までは東海旅客鉄道会社、そこから北は西日本旅客鉄道に属する。

単線なのは飛騨の山々を縫うように路線が設けられているせいだろうが、電化については具体的な計画があり、実際、一九八〇年に工事が始まっている。だが、検討すべきことが多く、すぐに中断してしまった。

かつては優等列車として、特急の「ひだ」や「北アルプス」、急行の「加越」や「たかやま」などが走っていた。基本的には岐阜駅から先の名古屋駅発着である。また、福井駅や米原駅を経由して、環状線のように東海地方と北陸地方を一周する列車もあった。現在は展望を楽しめる「ワイドビューひだ」に統一され、電車特急に負けないスピードで走っている。

岐阜から高山本線を三分の一ほど進んだところにある下呂温泉は、有馬温泉、草津温泉とともに日本三名泉に数えられる名湯だ。さらに五十キロほど北上すれば、「飛騨の小京都」と言われる高山市である。伝統的な街並みが特徴で、四月と十月の高山祭は日本三大美祭として知られている。また、世界遺産である白川郷へは、ここからバスで五十分ほどだ。特急では高山駅の隣駅となる飛騨古川駅は、日本三大裸祭りに挙げられる古川祭の時、多くの人で賑わう。富山県に入っての越中八尾駅は、毎年九月一日から三日にかけて「おわら風の盆」が催される八尾の最寄り駅だ。

西村作品には、本書の以前に、『特急ワイドビューひだ殺人事件』（一九九四）、『高山本線殺人事件』（一九九七）、『特急ワイドビューひだに乗り損ねた男』（二〇一二）と、タイトルからしてすぐ高山本線を舞台にしたことが分かる長編があり、短編にも「特急ひだ3号殺人事件」（一九八九）や「愛と憎しみの高山本線」（一九九一）などがある。

『特急ワイドビューひだ殺人事件』は、〈ヒロシ　1031Dのことで話がついた〉という奇妙な新聞広告が発端で、ヒロシという青年が相次いで殺されていた。十津川警部はその新聞広告を解読し、高山本線の列車を監視するのだが、特急「ひだ11号」で毒殺事件が起こってしまう。

『宗谷本線殺人事件』（一九九〇）と『紀勢本線殺人事件』（一九九一）につづく「本線シリーズ」として発表された『高山本線殺人事件』（一九九七）は、十津川の部下である西本刑事の父が、下呂・高山間で交通事故死するというショッキングな幕開けだった。その死に疑問を持った西本が調べていくなかで、高山の朝市や特急「ひだ」で事件が起こっている。

『特急ワイドビューひだに乗り損ねた男』は、東京で発見された白骨死体のポケットから「ワイドビューひだ」の切符が発見されている。それは二年前のものだったが、高山へ向かった十津川が国会議員にまつわる疑惑に迫っていく。十津川と亀井が高山ラーメンを食べているのも注目だろう。

この他、高山の街並みが活写されている『飛騨高山に消えた女』（一九九〇）では、JR高山駅が大きなキーポイントとなっていた。じつは高山本線を舞台にした最初の長編は『特急北アルプス殺人事件』（一九八五）で、そこでも高山駅がキーポイントとなっていた。高山の民芸館で女性の死体が発見されたのが最初の事件だったが、ミステリーだけに詳しくは語れないものの、大胆な鉄道トリックが印象的である。

また、十津川警部と縁のある旅館の美人女将が急死する『十津川警部「初恋」』（二〇〇二）も高山が舞台だったし、高山以外でも、『風の殺意・おわら風の盆』

（二〇〇二）や短編の「下呂温泉で死んだ女」（一九九二）などと、高山本線沿線が西村作品のそこかしこに登場してきた。

だから、西村氏にとって高山本線が愛すべき路線であることは間違いないが、高山本線をもっと愛しているのは、やはり地元の人たちだろう。十津川警部と橋本は、その高山本線の沿線を舞台にした、そして高山に住む人たちを巻き込んだ過去のトラブルを突き止め、さらに高山本線にかかわる悲劇を知る。はたしてそれが今回の事件にどうかかわっていくのか。捜査の進展とともに、十津川たちは幾度となく高山本線の「ワイドビューひだ」に乗車している。

そんな十津川警部も高山への愛着が湧いているようだ。〝高山という町は、京都に似せて、市内が碁盤の目のようになっている。それだけに、古い建物がよく似合う〟と、捜査に疲れた身体ながら、高山の街並みをひととき楽しむ十津川である。『私の愛した高山本線』の「私」は十津川警部でもあるのだ。

高山市は二〇〇五年に周辺町村と合併して、東京都とほぼ同じ面積の日本一広い市になった。年間の観光客は宿泊・日帰りを合わせて四百万人前後にもなる。とりわけ近年は外国人観光客が急増し、外国の著名なガイドブックでも高い評価を受けた。日本ならではの伝統的な街並みが魅力的なのは当然だが、地域全体の受け入れ体制も充実している。

この『私が愛した高山本線』の十津川は、やがて政財界の裏側での策略へと迫っていくことになるが、そこでのどす黒い欲望の対極として、高山本線沿線の風情がいっそう魅力的なものとなっている。『私が愛した高山本線』の「私」は西村作品の愛読者のことではないか。読み終えたならきっとそう思うに違いない。

二〇一三年六月　ジョイ・ノベルス（有楽出版社）刊

本作品はフィクションであり、実在の個人および団体とは、一切関係ありません。

実業之日本社文庫　最新刊

明野照葉
浸蝕
あの娘は天使か、それとも魔女か——謎多き女に堕ちてゆくエリート商社マンが見る悪夢とは？　サスペンスの名手が放つ、入魂の書き下ろし長編サスペンス！
あ24

荒山 徹
禿鷹の城
日本人が知るべき戦いがここにある！　豊臣秀吉が仕掛けた「文禄・慶長の役」で起きた、絶体絶命からの大逆転を描く歴史巨編!!（解説・細谷正充）
あ62

石持浅海
煽動者
日曜夕刻までに犯人を指摘せよ。平日は一般人、週末限定テロリストたちのアジトで殺人が。探偵役は不在？　閉鎖状況本格推理！（解説・笹川吉晴）
い72

菊地秀行
真田十忍抄
真田幸村と配下の猿飛佐助は、家康に対し何を画策していたか？　大河ドラマで話題、大坂の陣前、幸村らの忍法戦を描く戦国時代活劇。（解説・縄田一男）
き15

椙本孝思
スパイダー・ウェブ
冤罪なのにネット社会の悪意と好奇の目に晒されてしまった主人公は、窮地を脱することができるのか？　近未来ホラーサスペンス。
す11

堂場瞬一
キング
堂場瞬一スポーツ小説コレクション
五輪男子マラソン代表選考レースを控えたランナーの前に、ドーピングをそそのかす正体不明の男が……。衝撃のマラソンサスペンス！（解説・関口苑生）
と112

実業之日本社文庫 に111

私《わたし》が愛《あい》した高山本線《たかやまほんせん》

2015年8月15日　初版第1刷発行

著　者　西村京太郎《にしむらきょうたろう》

発行者　増田義和
発行所　株式会社実業之日本社
〒104-8233　東京都中央区京橋 3-7-5 京橋スクエア
電話 [編集]03(3562)2051 [販売]03(3535)4441
ホームページ http://www.j-n.co.jp/
印刷所　大日本印刷株式会社
製本所　大日本印刷株式会社

フォーマットデザイン　鈴木正道(Suzuki Design)

ISBN978-4-408-55248-4（文芸）